陈瑞麟 著

笔端真情

山西出版传媒集团 北岳文艺出版社
BEIYUE LITERATURE & ART PUBLISHING HOUSE

· 太原 ·

图书在版编目（CIP）数据

笔端真情/陈瑞麟著. — 太原：北岳文艺出版社，
2023.12
ISBN 978-7-5378-6830-3

Ⅰ.①笔… Ⅱ.①陈… Ⅲ.①散文集-中国-当代
Ⅳ.①I267

中国国家版本馆 CIP 数据核字（2024）第 004950 号

笔端真情

陈瑞麟／著

//

出品人 郭文礼	出版发行：山西出版传媒集团·北岳文艺出版社 地址：山西省太原市并州南路 57 号　邮编：030012 电话：0351-5628696（发行部）　0351-5628688（总编室）
项目统筹 刘文飞	传真：0351-5628680 经销商：新华书店 印刷装订：四川科德彩色数码科技有限公司
责任编辑 武慧敏	开本：880mm×1230mm　1/32 字数：170 千字
装帧设计 书香力扬	印张：7 版次：2024 年 1 月第 1 版 印次：2024 年 1 月四川第 1 次印刷
印装监制 郭　勇	书号：ISBN 978-7-5378-6830-3 定价：56.00 元

文学是照亮人们生命
征程的精神火炬
　　　　与青年作家陈瑞麟共勉

蒋述卓
二〇一二年十二月七日

广东省作家协会主席，暨南大学中文系教授、博士生导师
蒋述卓先生给青年作家陈瑞麟的勉励题词

真情凝聚在笔端

——《笔端真情》序言

曾沛才

泷州群峰秀，文坛喜事多。陈瑞麟的散文集《笔端真情》与广大读者见面了，可喜可贺！

文学是语言文字艺术，反映时代风貌，描绘祖国河山，刻画人物形象，展现人的精神世界，讴歌好人好事，颂扬真善美，鞭笞假恶丑，是社会文化的一种表现形式。文学具有认识作用、教育作用和欣赏作用。

我初识陈瑞麟，是在2014年3月的一天。其父陈劲勇带着他到我办公室，说他喜欢文学写作，欲在这方面发展，希望我指点指点。我说凡是想在文学艺术或体育方面发展，首先要看是否有这方面的天赋，如果天赋异禀，日后定会事半功倍，否则是事倍功半，既浪费时间又不出好效果。比如，一个不具备身材修长且体态轻盈这些特点的人想在跳高项目上发展，即使他封闭集训了10年，也很难跳到2米高。一个天生没有好嗓子的人，怎样学习唱歌，也唱不出悦耳动听之歌。成功与否，与个人资质好坏息息相关。

我对陈瑞麟说："他山之石，可以攻玉。你想在文学上不断进步,首先要进行大量阅读,读古今中外文学名著,读《中国通史》《世界通史》《诺贝尔文学奖全集》《文学概论》等书,然后要坚持天天写作,哪怕是写几行字的日记也好。要熟悉各种文体的写作,知道自己写哪类文体有特长,就专攻这类文体。衡量你文学创作成功与否,主要是看你是否有作品频频发表,好的作品会有好的社会效益和经济效益。"

陈瑞麟果然有文学天赋,他对所读过的书,对书中的故事情节和生动语言有清晰的记忆。我们每次见面,他都拿着一本笔记本,让我解答阅读时遇到的疑惑。当然,我每次皆一一解答给他听,他总是露出满意的笑容,其父亲在旁边听着,也嘻嘻地笑。陈瑞麟喜欢散文,我叮嘱他一定要反复阅读余秋雨的《文化苦旅》一书,后来,他能背诵全书。陈瑞麟一边阅读,一边写作,他的文章分别在《泷江文艺》《云安文艺》《禅城文艺》《信宜文艺》《千层峰》《砚都文艺》《泷州雄风》和《深圳文学》等杂志发表。他参加各类文学征文大赛并经常获奖。几年下来,他发表了大量的散文,从这些散文中选择部分文章结集出版。他看过我为一些书写的序言,觉得很贴切到位,于是父子俩反复强调,一定要请我作序。

《笔端真情》收录了《一起走过的日子》《书的命运》《与兴趣为伴》《谈立品》《天亮了》等作品四十余篇。读陈瑞麟的散文,犹如看到百花盛开,千姿百态,花团锦簇,令人陶醉;犹如听到山涧潺潺流水,悦耳动听。其作品具有开阔视野、增长见识、启人心智、洗涤灵魂的作用。

陈瑞麟的散文具有以下特点:

内容健康,向上向善。凡是有生命力的文章,都必须格调高雅，积极向上，教人为善。他在《书的命运》中写道："但纸质书通常都经过严格审查，审查者取其精华，去其糟粕，留下的是文明的结晶、智慧的浓缩，因而读者摄入的是养分。""阅读纸质书的的确确是一种惬意而奢侈的享受！在一个霞光万道的黄昏，你手捧一卷书于公园的湖心亭慢咽细嚼，让智慧的圣水给灵魂洗个澡，是多么畅快啊！"

题材广泛，喜闻乐见。陈瑞麟的散文，既写身边人身边事，又写生活感悟；既写社会千姿百态，又写人生冷暖。总之，他喜欢什么就写什么，他体会到什么就写什么，喜好随意，随心所欲，挥笔成文，如《风景这边独好》《做命运的征服者》《那句歌词》《愿共乐韵醉此生》《命运随想录》。

感情真挚，贴近生活。他在《我与外公》中写道："外公的爱，在严格中带着柔情。这种爱最有生命力，它能让我在充分享受爱的美好的同时又使我从中成长。这种爱外冷内热，就像一杯咖啡，苦中带甜。苦，只是它的形式；甜，才是它的本质。"

文笔流畅，语言精练。陈瑞麟的散文给人带来一种轻轻松松、乐在其中的感觉。他在书中写道："'爱'可以穿越时空，超脱纷纭世事，直抵心灵最柔软处。它是一所精神小屋，让饱经沧桑的心灵有了小憩的驿站。每当我的心灵负荷太重时就会躲进这所精神小屋，挣脱枷锁，卸下疲惫，尽情地沐浴在爱的光辉中，让心灵在汲取足够的养分后得到成长与升华。"

目前，陈瑞麟的作品多采用叙述、描写、抒情的表达方式，今后适当增加议论和引用，将会给人耳目一新的感觉。

功名因际遇，学问在功夫。作家要靠作品立身立名，伟大作家要有伟大的作品，知名作家要有知名的作品。真情凝聚在笔端，祝

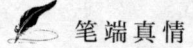

愿青年作家陈瑞麟今后写出更多精品佳作。

> 瑞门凝紫气，春夏秋冬阅名卷，成竹在胸书百态；
> 麟文启祥光，东西南北览群峰，随心所欲写千言。

是为序。

2022 年 10 月

（曾沛才，广东省作家协会会员，省曲艺家协会会员，省传记文学学会会员；云浮市第三届作协副主席，市曲艺家协会理事，市易经学会理事；罗定市第二届作协主席。先后任罗定市文联主席，罗定市人民政府办公室副主任、市地方志办公室主任，中共罗定市委党史地方志办公室四级调研员等职，著有《情系苍生》等书，是《罗定市志》和《罗定年鉴》等书的执行主编。）

目　录
CONTENTS

一起走过的日子

我和你情丝缠绵，相伴到天涯。我们形影不离，相伴踏遍千山万水，看尽万种风情仍初心不改，浓情如故。

在有你陪伴的日子里，天是湛蓝的，水是澄澈的，风是温柔的，甚至连泥土都是芬芳的。在每一个阴晴雨雪的日子里，总有你灿烂明媚的笑颜。你每个楚楚动人的惊鸿一瞥都让山河变得含情脉脉。

你总是在我最需要的时候依偎在我身边。

你有一个高雅的名字——书。

你与我共享欢乐，我不能忘记。

曾记否？每次当我得知征文大赛获奖的喜讯时，我总是迫不及待地翻开你，心跳如鹿撞地找到刊登我文章的那一页。我把鼻子贴到你身上，让芬芳浓郁的墨香沁入灵魂。我贪婪地读着每一字、每一句，乃至每个标点符号，唯恐漏掉每一个精彩的瞬间。我把心中的欣喜与你分享，你自始至终沉默不语。我知道，沉默是你的本色，并不代表你冷漠无情。我想，你定然听到了我澎湃的心潮，你定然看到我涌流的热血。我开怀大笑，你仿佛也开怀大笑；我手舞足蹈，你仿佛也手舞足蹈！你如此善解人意，可叹世人只当你是没有感情的物什。他们哪知道你有一颗玲珑心啊？

你与我同担伤悲，我不敢忘记。

犹记得，在当年遗憾地告别校园后，曾有一段时间，我每天把自己锁在房子里，欲哭无泪，索性伏在桌子上发呆，打发了一天又一天。你始终站在原地等我，寸步不离，我却终日在痛苦的泥潭里挣扎，无暇顾及你。在不知过了多久后，迷惘的我想起你，想起我们相濡以沫的日子。我落泪了——不知是感激，还是愧疚？于是，我洗心革面，涤净心尘重新与你亲密互动——一页页地翻开满载智慧的你，凝神阅读，任由思绪穿梭于古今中外的多维时空中，与中外智者、古今圣贤推心置腹。在一次次的互动交流中，圣人们的箴言和名家们的金句化成了一道道消融冰雪的阳光，穿透我的心窗。一时间，呈现在我眼前的世界是那么温暖，那么光亮，那么多彩！在那段涅槃重生的日子里，我如饥似渴地研读唐诗宋词，让字里行间构筑成的各种美好意境烙印在心底。在一次次与你的促膝长谈中，我的心扉逐渐被打开，一股股清新的暖流像从诗情画意般的外部世界涌入，把凛冬的寒气赶到爪哇国去了。在我落魄潦倒的日子里，你始终与我风雨同舟，患难与共。你不离不弃的忠贞与坚守，我此生怎敢忘记？

每天夜里，你默然入我梦。梦中的你梨涡浅笑，清婉动人，一身霓裳张扬着你的芳华。

愿将黄鹤翅，一借飞云空！书，你是我灵魂的归宿，愿得此生长相依！只是，现实不会因我的一厢情愿而对我们网开一面。你是不灭之躯，注定地久天长；我乃血肉之身，终将灰飞烟灭。由于我深知此生苦短，所以倍加珍惜每一寸浓情蜜意的时光。当有一天，我悄然离去，请你不要哭泣。我会在另一个世界默默关注你，祝福你，保佑你！

一起走过的日子短促而珍贵，默契而幸福。

迟开的花朵

每朵花都有自己的花期，或早，或迟。

春天时，公园里的林荫道两旁花团锦簇，浓郁的花香远飘十里。一位位花仙子出落得如袅娜妩媚的少女一样，一个个羞答答地挤眉弄眼，梨涡浅笑，扭动着纤细灵动的腰肢，诱得蜂儿、蝶儿春心萌动，不远万里，迫不及待地来赶赴这场选美盛会，希冀着佳人的惊鸿一瞥。这些小精灵们被这一张张沉鱼落雁的倾世容颜迷住了，在不经意间便荷尔蒙激增，心跳如鹿撞，竟不知疲倦地跳起"霓裳羽衣舞"疯狂地向意中人示爱。

游人们走走停停，时而指指点点，时而交头接耳。一个穿着校服的小伙子驻足良久，一篇《桃花源记》竟被他背得声情并茂。一个中年男人则拿起手机对着眼前这"留连戏蝶时时舞"的画面捕捉良久才小心翼翼地按下快门，把这唯美的画面定格，随即上传至朋友圈并附言：此景只应天上有，人间能得几回逢？

在角落里，有几株其貌不扬的无花植物被无情地冷落。她们如同姿色平庸的女子般无人问津。置身于此情此景中，她们始终缄默不言，处之泰然，静静地看着同伴们竞相邀宠，不怨，也不怒，仿佛周围的热闹与己无关。

即便如此，园丁们也还是从一而终地对她们倍加关怀，用心浇灌，悉心照料，不抛弃也不放弃，日日如是。

春天，渐去渐远；夏天，不期而至。

曾经争奇斗妍的红颜们陆续香消玉殒，而那几株毫无存在感的植物却撑起了美得不可方物的花骨朵。此刻，她们集万千宠爱于一身，成了公园的焦点。

迟开的花朵终于也惊艳了时光，可又有谁知道在它们日常所汲取的养料里，饱含着园丁们"不抛弃，不放弃"的人格养分呢？

花如此，人又何尝不是？每个人的天赋不同，因而每个人的学习进度也不一样。学习能力强的学生固然令我们偏爱有加，毕竟这是人的天性使然——谁不喜爱聪明的孩子呢？而对于那些学习能力不那么强的学生，我们必须"不抛弃，不放弃"。毕竟"学得慢"并不是他们的错。李白曰：只要功夫深，铁杵磨成针。可见，"悉心培养，耐心教导，怀抱希望"是师者此时唯一正确的做法。倘若我们已经问心无愧地付出，那就静候佳音吧！毕竟没有人能否认"功夫不负有心人"这个流传千百年来的真理。

我曾教一个徒弟练武术。他在拜我为师时是个地地道道的门外汉。第一天，我教他敬礼。敬礼是武术套路中最简单的动作。许多徒弟练起它来易如反掌，可他呢，前前后后练了几十遍都不规范。唉，拉牛上树都没有这么难，我哭笑不得，却又不敢开口。那天，骄阳似火，暑气逼人。我看着他一遍遍地重复着这个在一般人看来有如小菜一碟般的动作却始终不得要领，心急如焚。暑气本已猖獗，烦躁之气却又在倏忽间从我的心底冲腾而起。豆大的汗珠如雨帘般从我的额上倾泻下来，把地面敲得滴答作响，像极了杂乱无章的音符。

曲不离口，拳不离手。时间在悄无声息地流逝。他始终一丝不苟地练着，心无旁骛地练着，不知疲倦地练着。我愣愣地看着他，猛然间感觉他既可爱，又可敬！我不忍心扫他的兴，只管不厌其烦给他做示范。他的动作错了，我为他纠正；他的动作乱了，我给他提示；他累了，我心甘情愿为他递去毛巾和矿泉水。他的每一个进步都令我欢欣鼓舞，哪怕他的进步是那么微不足道！对他，我始终满怀期盼，期盼他能不断超越自我。后来，他达标了，我欣喜若狂！在那一刻，我的天空下起了一场绚烂的流星雨。我似乎看到无数流星划破夜幕，画出一道道炫目的弧线，俨如此伏彼起的烟花在夜空中尽情绽放。

此后，我陆陆续续把套路动作一一传授。虽然他仍是难以掌握，但是，他的眼神一直是那么专注，那么坚定，那么执着！我凝视着他坚毅的双眸，不知为何，怎么也狠不下心来责备他。

我不想伤害他，只盼他能尽快开窍。

最终，他学有所成，在临别时留下一言："师父，徒儿感谢您始终如一的坚持！"

我猛然惊觉——他只是一朵迟开的花，如此而已！是的，有些花只是迟开一些而已！迟开并不等于不能开，只是需要我们更加用心地照料。"不抛弃，不放弃"就是园丁最大的功德。

亲爱的朋友，请你相信：只要耐心培育，迟开的花朵同样能绚烂绽放！

一片佳景，锦上添花！

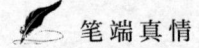

我是"非主流"

作为一名90后，我几乎与大众主流的方方面面都格格不入，于是被人冠名为"非主流"。

顾名可思义，"非主流"就是大众眼中的异类。

在大街小巷中，"手机党"星罗棋布。他们一个个拿着智能手机聚精会神、不知疲倦地滚动屏幕，如痴如醉地享受着片刻的愉悦。在不知不觉间，光阴便无情地从他们的指缝间溜走。我移步细看，他们有的穿梭于游戏世界中，有的沉醉在精彩剧情间，有的凝神于聊天软件里。对他们来说，智能手机比其爹妈还亲密，比其生命更值钱。这正可谓是：宁可食无肉，不可玩无机。

一机在手，一切拥有！诚然，在科技迅猛发展的当代，智能手机带给了我们无穷的便捷。通过智能手机，我们足不出户就可买到心仪的商品；通过智能手机，我们宅在家中就能观看最新大片；通过智能手机，我们能轻而易举地随时随地读取健康数据……

然而，智能手机的弊端也是不胜枚举。许多学生因沉迷智能手机而荒废学业，一些上班族因沉迷智能手机而耽误工作，大批无业青年因用它来浏览赌博资讯……

正值风华正茂的我不想成为智能手机的奴隶。我使用的是十几年前的功能手机。它无法浏览网页，无法下载游戏，也无法看视频，更无法购物。它的功能简单而纯粹——语音通话和收发短信。不可否认，它虽已是明日黄花，与当今智能化时代人们的高品位生活需求格格不入，但是，它的好处也是显而易见的——它无法上网，因而杜绝了不良资讯的侵袭；它无法下载游戏，因而从根本上扼杀了人们打发时间的欲望；它无法看视频，因而人们有更多的时间来观察生活，体悟人生；它无法网购，因而最大限度地铲除了滋生假货的土壤，有效地保障了食品安全；它没有炫目刺眼的液晶屏幕，因而能让使用者的视力得以最大限度地保持……

这么多年来，我和智能手机只是点头之交，和功能手机则亲密无间。正因如此，别人常常笑我是"非主流"，我总是说："只要有益于我，就算是非主流又何妨？"

当今时代，"无纸化阅读"成为大众的不二之选。当你想看某本书时，电子书能满足你，智能手机能满足你，电脑能满足你。许多人家中的藏书只作摆设，走近一看，一本本书沾满灰尘，书页陈旧泛黄，甚至被虫蛀得满目疮痍。在很多人看来这些书该进历史博物馆了。遍观街上大大小小的书店，生意凋敝，门可罗雀。喜新厌旧的人们没有掏钱买书的欲望。一本本书就像一个个等待赎身的女子般楚楚可怜地望着熙熙攘攘的人群，苦盼有缘人将其赎走。

可是，这终究是美好的幻想罢了。在"无纸化阅读"大行其道的当代，谁还有复古情怀呢？

似乎没有！

其实却是有——比如我！

在周末或节假日，我常去图书馆泛舟书海。有时抽出一份报纸，凝神阅读政治理论、中外时事，在海量资讯中涵养自己的家国情怀；有时拿起一本杂志，惬意地欣赏美文，品读诗歌，兴致浓时还会情不自禁地低声吟唱；有时捧起一卷史册，抚今追昔，感慨盛衰，审视得失……即便在家，我也经常从书架上挑选自己喜欢的书如痴如醉地阅读，常常为此而废寝忘食。

每当闻到书页飘散的清新油墨香时，我疲倦不堪的精神便会为之一振，沾满尘埃的心灵便如同接受了智慧之光的洗礼般清澈空明。每当我捧卷在手时，便觉得生活是那样的惬意，那样的美好，感觉书中一股股优雅高贵之气在源源不断地滋养我的灵魂。我悠然自得地在书的王国里自由驰骋，尘世的喧嚣再也与我毫无关系。这也许就是返璞归真吧！

对于电子书等电子阅读工具，我素来浅尝辄止。在我看来，电子阅读工具弊大于利。其屏幕射出的"蓝光"等有害光线会对人们的视力造成严重损害，看屏幕的时间越久，损害程度就越高。我是高度近视患者，受不了有害光线的刺激。在阅读纸质读物时，我总把电子阅读工具束之高阁，孜孜不倦地在书海中寻觅心灵的归宿。每当我进入这样的状态时，便感觉自己是世上最幸福的人！

是呀，我们何须羡慕所谓的"主流"？"非主流"一样可以活得潇洒快意！

在当今这个智能化时代，人们输入文字的方式相较于以往发生了翻天覆地的变化。在生活中，用电子产品打字的人比比皆是，仍然用笔手写的人成了"珍稀动物"。"打字"这种高端前卫的方式垄断着人们生活的方方面面——发微信，打字；发短信，打字；发邮件，打字……"打字"是当今人人叫好的文字输入方式，其"便捷省时"的特点深受大众欢迎。

我这个"非主流"却喜欢"开历史倒车"——用手写字。"手写"这种文字输入方式涵盖了我生活的方方面面——写信，用手写；写作，用手写；做笔记，用手写……

手写的好处非常多：一来可以保护视力，二来可以练字，三来可以吃透每个字的笔画特点、笔顺和结构。通常，我能不打字就不打字，能不敲键盘就不敲键盘。我喜欢聆听笔尖划过纸面的"沙沙"声，它可以让我心如止水。手写的感觉就是如此美妙！

在社会上，许多人以"主流"自居而对"非主流"嗤之以鼻。其实，"非主流"不过是众多活法中的一种。这种活法虽有些另类，但绝不意味着它就是旁门左道。我们不应该戴着厚厚的有色眼镜看待它，更不应该将就自己的三观任性地将其污名化。我斗胆毫不客气地说："一切针对'非主流'的歧视和挤兑还自诩为'主流'的人都是制造社会矛盾的害群之马！"毕竟，潇洒快意才是生活的本真。我是一个如假包换的"非主流"，倘使有人把我边缘化，我就会理直气壮地回怼他："既然我不适合走康庄大道，那剑走偏锋另谋出路又有何错误？既然我生而与众不同，那么我又何须放弃自己的活法而去盲目从众？"

亲爱的朋友，在遵纪守法的前提下选择适合自己的活法是每个人应有的权利，与他人毫无关系！所以，当你在做着自得其乐的事而被别人认为是"非主流"时，又何须耿耿于怀？

鲁迅说："走自己的路，让别人说去吧！"个性张扬的人生其实很精彩！

我是"非主流"，我快乐；我是"非主流"，我幸福！

我们要轻轻松松，乐在其中！

不尝试，怎知道

这是一个暖心的故事——

"今天我，寒夜里看雪飘过，怀着冷却了的心窝飘远方。风雨里追赶，雾里分不清影踪，天空海阔你与我可会变……"

在一个灯光闪烁的 KTV 包房里，一位歌者正忘我地唱着。当他唱到"多少次，迎着冷眼与嘲笑，从没有放弃过心中的理想"时，他鼻子一酸，眼眶一红，不过数秒时间，一串晶莹的泪花便情不自禁地潸然滑落。他再也唱不下去了！这句歌词就像一把钥匙般开启他记忆的闸门。顷刻间，他在奋斗中所受到的不公平对待一股脑地涌上脑海，悲愤之情盘旋交织着，占满了他的思绪。他要用歌曲来控诉那些不懂得尊重人的鼠辈！这句歌词正是他不屈不挠的逐梦之旅的真实写照。他想用铿锵有力的唱腔告诉世人："我就是强者！"霎时间，他的思绪飘向浩瀚的天宇……

在不久后，他猛然勒住思绪的缰绳，逐渐平复情绪，用稍带生涩又有些怯生生的腔调壮着胆子唱完此曲，随即强作镇定地走回座位，紧张地揣测着听众的反应。他不知道有多少人会诋毁他，他不敢想象人们为他鼓掌的情景，他只祈求人们不发表评论，孰料——

"哇，太感人了，声情并茂！"

"啊，太动人了，好似黄家驹再生！"

"给你点一百个赞，必须的！"

"歌神啊！还有比这更完美的吗？"

……

听到赞许声不绝于耳，他欣慰地笑了。于他而言，这是一个颇有成就感的人生片段。最起码，他第一次尝试，不仅战胜了自己，还收到了意外之喜。试问，还有什么比这更能让他高兴的呢？

其实，这个故事的主人公就是我！

以前的我并不敢于尝试，甚至可以说是那种遇事怕事的类型。在班里，老师抛出回答问题的机会时，别的同学"刷刷刷"地举起了手，而我，明明对问题的答案成竹在胸，却怎么也不敢举，结果眼睁睁看着别的同学把机会抢了去。每每看着答对问题的同学被老师表扬而洋洋自得的样子，我总羡慕妒忌恨而又自叹自怜："活该！谁让你这么胆小呢？你不帮自己，难道老天会帮你？"我就只能这样不争气地用精神胜利法默默地进行自我疗伤。

在人际交往场合中，我总是不敢与人搭讪，生怕别人出言伤我。虽然明知自己的语言表达能力还行，但我却连一句简单的"你好"也不敢说出口，结果白白错失了许多交友机会。"算了，还是自己太胆小，下次一定得勇敢点！"我就这样往自己的精神伤口抹上自制的"云南白药"，却怎么都像是自欺欺人的谎言，违心极了，也恶心透了。

在学习中遇到难题时，我总是不去尝试想深一层或者换一种思路，尽管自己智力不错，却总是自认为江郎才尽，结果许多原本可以攻克的难题到头来功亏一篑。这令我叫苦不迭，自己却也是哑巴吃黄连。"自己种下的苦果自己尝，天经地义呀！"我还是这样故技重施地用"精神胜利法"疗伤。其实，我对这一切是"鸡吃萤火

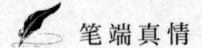

虫——心知肚明",只是没有勇气突破自己而已。

"其实,我是可以的呀,只需勇敢地捅破这层窗户纸。"在一个个万籁俱寂的夜晚,我一遍遍自我鼓励。

潜意识也总是不厌其烦地告诉我:"你是有能力的,只要你敢,你就能!"

在历经无数次思想拉锯后,这一次,在宽敞的 KTV 包房,在众目睽睽下,我终于勇敢地尝试,结果发现自己还是颇具歌唱天赋的。

放眼生活,一些人终其一生庸庸碌碌,过人之处甚少,其中一个原因就是他们不敢尝试。其实,他们或许蕴藏着很多潜能,只是并不自知而已。人的才能往往都是在通过尝试后才被知晓的。在尝试的过程中,我们也许会博得别人的一个赞许、一阵掌声……这些都是别人对我们莫大的认可。人们往往能从这种认可中得知自己是多么出类拔萃!从此,这个人的这项潜能就有可能在别人的认可中渐渐演变为自己的才能。尝试是一个人的潜能渐变为才能的开始,而其中的推动力往往就是外界对他的认可。当然,至关重要的是尝试者对外界反应的主观认知——他只有从人们的掌声中察觉到自己的优秀,才会着意去修炼这项潜能。一旦他在尝试中获得了认可,发现了自己的潜能并加以努力打造,付诸血汗,假以时日,这项潜能就能演变为他的拿手绝活了。

可见,只要我们敢于尝试,就能最大限度地挖掘自身的潜能,从而把它培养成自己的才能。尝试能把我们自身的一大堆问号变成一个个叹号。

古人云:路虽远,行者将至;事虽难,做则必成。尝试往往能给我们带来惊喜,不尝试怎知道自己不行?

读者心语

一

流星划破夜幕。

这是个星光与花香交融的夜晚。我在屋后的庭院里仰望星空。星空很美丽！在这片我目所能及的天空上有一颗又大又亮的星，望着它，我怦然心动，想起了我的人生启明星《方与圆全集》一书，也想起了您——《方与圆全集》作者丁远峙。

《方与圆全集》是一本催人奋进的书。这本书使我从稚嫩逐渐走向成熟。这本书所传达给读者的主要是自信、勇气、实力。虽然书中内容繁多，但万变不离其宗——一言概之就是教导人们如何才能成为一个成功者。这本书对我来说就像是一座储量丰富的矿山，蕴藏着大量的宝藏；又如一台吸尘器，逐步清除我心灵的污垢。在读了《方与圆全集》后，我茅塞顿开。书中所提及的成功人士们所共有的自信、勇气、实力等优秀特质已灌输流转到我的四肢百骸。在这美好的夜晚里，丁远峙老师，您能当一回我的聆听者吗？

在不知不觉间，已经凌晨2时。人声已静，唯闻虫儿之叫声。我正惬意地享受着夜来香散发出的芬芳，陶醉在美好的遐想中。不知过了多久，一阵急促的脚步声响起。我猛然回头，原来是父亲！

他带着惺忪的睡眼，关切地责备我："你这么晚还没睡，对身体不好，难道就不怕身体垮掉吗？"我只好乖乖地回房，上床。我不断地数绵羊，强迫自己入睡，可思潮就像决堤的洪水，汹涌澎湃，亢奋得让我在床上辗转反侧，毫无倦意。炎炎夏日不仅不能催我好眠，反而激活了我的思绪。于是，我翻身起床，一眼瞥见放在案头上显眼位置的《方与圆全集》。我和着熟悉而昏黄的灯光，小口小口地啜着一杯浓香四溢的咖啡，重温书中的经典篇目《自信》《勇气》《实力》，思绪穿越到了我的求学时代。我翻开书页一词一字地阅读，篇目里的每个字都是对我心灵的抚慰。丁老师，您在书中说："自信正是使人走向成功的第一要素。如果你真正建立了自信，那么你就已经迈入了成功的大门。""勇气是人类的本能。""实力是你能在这个社会里站稳脚跟的通行证。"每当我读到这三句话时就会陷入沉思。对于自己迥乎常人的经历，我没有自怨自艾，只是一遍又一遍地拷问自己："麟，你有自信吗？你够勇敢吗？你具备强大的实力了吗？"潜意识回答我："现在你的自信和勇气都到达了前所未有的高度，实力也正在稳步上升。"读到这里，我下意识地看了看手表，已经是凌晨 2 点 30 分了，黑暗笼罩着整个东半球，我的灵魂却早已穿过了黑暗的隧道，沐浴在千万道曙光下。潜意识警醒我："正是《方与圆全集》改造了你，如果没有它，就没有你的今天！"在不经意间，我的大脑不断地在"放电影"——一幕又一幕地重播着我少年时期的人生片段。

在书的封面上，"丁远峙"这个名字特别引人注目。说实话，在当年，那种"天塌下当被盖"的随遇而安的境界，我根本做不到。丁老师，我心里曾住着一个自卑的小人儿。我想轰他走，他不理不睬；我想征服他，他却戏弄我；我想用强弓硬弩把他射死，他却躲在盾牌后面偷笑："傻子，你下辈子甚至下下辈子也奈我不何！我要扰乱你的心志，吞噬你的灵魂，让你精疲力竭，遍体鳞伤；让你求生不得，求死不能！"

我轻描淡写地一笑："你可能不知道，我的脊梁是一根虽共工也触不倒的擎天玉柱！它坚如磐石、固若金汤，我的膝盖永远不会向你弯曲！你想摧残我？做梦吧！"

二

人格尊严的维护需要以实力作支撑。如果没有实力这座"靠山"，道德公理就会成为一纸空文，没有任何约束力，而学生的实力主要体现在两方面：

其一是学习成绩。一个学生只有学习成绩优秀，才更容易受到老师的青睐和学生的尊重乃至崇拜。如果你学习不好，就是做班干部也没有威信。由此可见，学生是以成绩来论地位的。

其二是为人处世的能力。人在青少年阶段，人生价值观的雏形已初步形成。与之相伴的，是人际交往能力的日渐提高。我曾听说一句名言——人要在这个社会生存，只有两条路可以走：适应它；改变它。当然，多数人只能选择前一种，原因很简单：只有卓尔不凡的人才能改变社会，改变人类，改变世界。由于大部分人都只是平凡人，因而只能去适应生存环境。我们要想在这红尘俗世中生存，待人处世能力是必不可缺的一环，而班集体是一个小社会，处世能力强的学生往往能拥有融洽的人际关系，从而带动自身成绩的提高，因为他们能做到心无旁骛地学习；而与之相反的学生，由于大多受人际关系困扰，因而无法专心致志地学习，从而导致成绩不

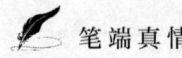

佳。当他们成绩不佳时，就会产生厌学情绪，越厌学，成绩就越差；成绩越差，就越厌学。这是恶性循环，长此以往，他们当初的锐气就会被销蚀掉。

关于实力的重要性，您在书中是这样写的："这个世界上人人都愿意与成功的人、有钱的人交往，与他们交往不仅利用价值高，而且你会倍感自豪，仿佛自己地位也得到了提高。大家都说成功的第一步最难迈出，就是因为你没有成功，在别人眼里没有利用价值，因此都不愿理你；一旦你迈出成功的第一步，有了利用价值，人们就都愿与你交往。"

我初一和初二时的期中与期末考试的总分都稳定在班级前十名之内。在那时，一些好学上进而学习成绩又稍逊于我的同学总会借我的作业来抄，抄完之后就会送我一支棒棒糖或一包饼干作为酬谢。每当在课间休息的时候，我的座位两侧总是被围得水泄不通。他们有的拿着作业本，有的拿着练习册，还有的拿着练习卷，争先恐后地向我请教。读初一时，一位平时成绩不错且又长得秀丽端庄的女同学拿着一道数学压轴题来向我求解。为了帮她解出这道题，我花了整整一个晚自修的时间来演算。要知道，平时我解出一道难题所花的时间一般都不会超过十分钟。当我把正确的解答过程和答案递到她手中时，她欣喜若狂，一遍又一遍地摸着我的脑袋，心悦诚服地蹦出一句："陈瑞麟，看来我得改称你为'陈学神'了，我真恨不得把你的思维复制到我脑袋上！"我微微一笑，心里充满了自豪感。从此之后，"陈学神"的威名便在班级传开了，越来越多的同学主动与我交友。

每当想起这件事的时候，我都会默默地慨叹一番："实力是多么重要！它可以征服人心，赢得友谊。"

用自身的优秀来吸引其他的优秀者围拢在自己的身边，这就是实力的作用！

遗憾的是，从读初三开始，由于种种原因，我的实力跌进谷底并且长期萎靡不振，最终没有逃脱被同学排挤的命运。

丁老师，您可知道？在这悬崖边上，正是《方与圆全集》，正是您阐释"实力"的这段话，在某个时间点激活了我沉睡的灵魂，重新点燃了我的生命之火，拨开了我眼前的迷雾。

我对友情的渴望从未停止过。正如您所说的，我要重新将自己打造成有价值的人。当我立下这个决心的时候，我已经告别校园了。在那时，命运只给我一条出路——用一技之长来赚钱养活自己。

写作是我最擅长的技能。当清楚了这是新生活的起点时，我便把所有时间都耗在提高写作水平上。凡是来过我家的客人都会由衷地惊叹。惊叹什么？书多！我有两个书架，一个在客厅，另一个在书房。每一个书架都放满了书。文学、心理学、交际学、政治类、名人传记类等书籍。这些经过我精心挑选的书都对开拓我的视野和提高我的写作水平大有裨益。一位作家曾对我说："你若想把文章写好，就要博览群书。"我想成为一名作家。在平日里，除了吃喝拉撒的其余时间里，我都是专心致志地泡在书堆里。当我的同龄人在灯红酒绿的娱乐场所玩得忘乎所以时，我却在知识的海洋里畅快地遨游。"书卷多情似故人，晨昏忧乐每相亲"便是我的真实写照。

我就像一头老黄牛似的日复一日、年复一年地耕耘，经常挑灯夜战到凌晨两三点。"读书，写作；写作，读书"这样循环往复地过了几年。也许上帝不愿让一个执着而有天赋的人"泯然众人矣"，也许上帝青睐像我这样的既仰望星空又脚踏实地的人，也许上帝想

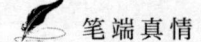

让我用实践来检验"天道酬勤"这个真理，在经过一番艰辛的拼搏后，我得到了他的赏赐——众多文章在一些刊物上陆续发表。

逐渐地，我的作品得到了一些人的认可。如今，我家虽算不上门庭若市，但也不至于像以往那样门可罗雀。来我家做客的人大多是知识分子，我们经常谈文论艺，饮酒赋诗。这也许就是当年刘禹锡所写的"谈笑有鸿儒，往来无白丁"的场景吧，我感受到了前所未有的成就感。

这条处世法则是您——丁远峙老师，在《方与圆全集》里教会我的。请允许我再将您的观点复述一遍：这个世界上人人都愿意与成功的人、有钱的人交往，与他们交往不仅利用价值高，而且你会倍感自豪，仿佛自己地位也得到了提高。大家都说成功的第一步最难迈出，就是因为你没有成功，在别人眼里没有利用价值，因此都不愿理你；一旦你迈出成功的第一步，有了利用价值，人们就都愿与你交往。

三

我的思绪仍在天马行空，墙上的八卦钟"当当当当"地响了四下，我渐有倦意。我感觉头脑有些麻木了，便慵懒地抬起头活动活动颈椎。待颈椎松弛后，我的视线下移到正前方，忽然被两道凛凛的威光慑住了——在毛主席像里，毛主席的目光炯炯有神，霸气十足！在刹那间，我的脑海中闪现了一个词语——勇气。在我的学生时代里，最缺乏的便是它。

青少年时代的记忆已在时光的冲洗下变得斑驳不堪，幸好岁月这把杀猪刀对我还算仁慈，它把最该留的记忆都留给我了。

这其中的一段记忆，我可能一辈子都无法忘怀——

读初中时，我变得沉默寡言。可以这样说，那时的我几乎完全没有人际交往。我极其期盼友情，却怕受到伤害。那个时候，一些捣蛋鬼也许认为我软弱，便使用各种招数来欺负我。在那个少不更事的年纪，我受到的欺侮可多了——被起侮辱性绰号，被扔粉笔头，被打，被踢……面对销蚀我锐气、消磨我精神的挑衅，我既不敢反抗，又不甘心，只好向父母倾诉。父母来到学校与他们理论，那些捣蛋鬼更加认为我是胆小鬼，也就变本加厉地欺凌我。

此刻，八卦钟敲了五下，虫儿也睡着了，万籁俱寂。秒针正滴滴答答有节奏地跳动着，把我飘飞的思绪拉回到现实中。

我的视线很快就回到了书本上，在《方与圆全集》的第 28 页中看到了您写的一句令我深有感触的话——"一个人失去金钱，损失甚少；一个人丧失健康，损失甚多；一个人失去勇气，则失去一切。"

这句话说得很有道理。每一个人的日常生活都需要勇气。我举一个简单的例子——每一天，街道上都车水马龙，各式各样的车子辚辚绝尘地来回往返。你在大街上走，随时都可能出车祸。如果没有勇气，你敢出街入市吗？难道你能躲在家里一辈子？

当我第一次看到这句话的时候，我就默默地告诉自己："我一定要与以前那个软弱的我决裂！"当我在生活中遇到很大的困难而变得焦躁不安时，我就会自我暗示：办法总比困难多！这样，我的内心就会凝聚起力量，从而冷静思考，找出最有效的解决办法把困难克服。

虽然我在求学时代最怕的人是班里的捣蛋鬼，可我不甘心就这样被恐惧打垮。我要战胜恐惧！对于饱受欺凌的我来说，唯一要做

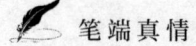

的就是不断做强自己，最终让他们低头认输。

于是，我一次又一次去酒吧、歌舞厅等经常有小混混出没的地方主动与他们搭讪，锻炼自己的胆识，试图在交流中逐步降低恐惧感。

在刚开始时，虽然沟通失败，但挑战恐惧的热血始终在我身上沸腾、奔涌、激荡！我笃信自己是一名真正的斗士！当我心中"恐惧"与"勇敢"这两个小人儿在殊死搏斗时，《方与圆全集》中那句"一个人失去勇气，则失去一切"便会盘旋在脑海中，最终，叫"勇敢"的小人儿获胜。

我把这颗叫"勇气"种子埋在潜意识的土壤里，天天都给它浇水、施肥。它在我的精心栽培下茁壮成长。过了一段时间后，它长出了蓓蕾。这些蓓蕾不管是在电闪雷鸣中，还是在风吹雨打里，抑或是在漫天飞雪下都没有被摧残。它们始终坚信：当风雨过后，彩虹出现之时，就是自我绽放之日！

人们常说：一分耕耘，一分收获。我通过不懈的努力，终于得到了回报——渐渐地，我与他们间的心理距离越拉越近，到了最后，我对他们仅剩的一点恐惧感也消失了。

四

自信曾是我难以逾越的鸿沟。

2011年秋天，丹桂飘香，我从一所普通中学转到了一所重点中学。当我站在讲台上向新同学作自我介绍的时候，一位同学嬉皮笑脸、三步并两步地走到讲台前，出言不逊："你原来那所中学是垃圾中学，它培养出来的学生都是劣质学生！我想，你也好不到哪里去！"他话音刚落，讲台下的同学就发出戏谑的笑声，狂妄自大的气息瞬间弥漫了整个教室。

我狠狠地盯着那位恶语伤人的同学，只见他满脸横肉，一副不可一世的模样。我从头到脚打量了他一番。他一遍遍地向我吐舌头，双手叉着腰，目光里充满了无限蔑视。他把嘴唇翘起来，好像在说："老子瞧不起你！"接着，我又扫视了讲台下那些跟着起哄的同学，他们有着一副副天之骄子的傲慢模样。我怒发冲冠，忍不住要回怼。就在声带将要震动之时，我克制住了，只是在心里默默地发誓：你们有什么了不起，不过是在升学考试中考得比我稍微好一点而已。只要我加倍努力，就一定可以超过你们！

从那天起，我便不分昼夜地在书山上攀登，废寝忘食地在题海里泛舟。俗话说：机会总是是留给有准备的人。果不其然，在两个月后的期中考试中，我一鸣惊人——总分挤进了全级前50名。其中，语文得了121分（当时全级语文最高分是121.5分）。

一时间，同学们都成了变色龙。他们有对我啧啧称赞的，有对我百般忏悔的，有向我赔礼道歉的，有向我主动示好的……总之，各式各样的溢美之词充斥我的耳朵。这是"胜者为王，败者为寇"这句古语在我生活中的生动体现。

在那段日子里，我深切地感受到自信的神奇力量。

五

人活着是为了什么？人活着就是为了生活和创造，而创造是为了使人更好地生活。

人不仅要具备基础文明，在科学的意义上懂得人生，懂得爱，懂得美，懂得一定的自然、文学、艺术、哲理常识，具有一定的谋生能力和欣赏能力，而且要有高尚的情操，以此影响自己的下一代。人如果想要获得成功，就必须把个人理想与祖国需要、人类需要紧密结合起来，把个人理想与个人爱好、个人特长紧密结合起来。只有这样，个人的智慧和能力才能发挥得淋漓尽致，人生之路才会绚丽多彩、光芒四射！

风景这边独好

黄昏时，夕阳无限好。我期待着……

我心急如焚，期待着与你约会。

你是上帝的宠儿，纵然是蓬莱仙境在你面前也要俯首称臣，世外桃源在与你对视时也要低下他那高贵的头颅。

你是巧夺天工的艺术品，有着令人艳羡的资本——四周绿树葱茏，各式各样的花朵傲立枝头，红的似火，粉的如霞，白的像雪……娇艳的花朵有的在和鸟儿嬉戏，有的吹着万木争荣的号角，有的张开三头六臂拥抱世界，还有的亭亭玉立，犹如古画中的江南女子那样。在绿树环绕中，在花团锦簇里，羊肠小道纵横阡陌，小道两旁绿草如茵。置身其间，五彩缤纷的花艳得逼我的眼，一阵阵淡淡的清香沁入心脾，简直是心旷神怡极了。

你是一个令我心驰神往的地方——市政广场。

通常，在每天华灯初上之时，我都会准时赴约。

驻足广场前，首先映入我眼帘的是一块偌大的空地。它是广场人流的交汇处。每天清晨和傍晚是人流的高峰，人流相向而行，络绎不绝，犹如走马灯似的。在很多时候，人们的脸上盛满阳光，从容地行走于其间。

空地的两旁是一些参天古木，尤为醒目的是几棵垂柳，在微风的吹拂下扭动着柔枝翩翩起舞，时常吸引游人一睹其风姿。

我移步上前，来到了广场的中心区——一块方形的大型水泥地，这里常常游人如织。老年人在赏花逗鸟，中年夫妇在共商发财大计，青年男女在卿卿我我，小孩们则快乐地玩耍。

看！一个小男孩拽着一只风筝无忧无虑地飞奔着。他一边奔跑，一边天真无邪地笑着。风筝乘风而起，直奔蓝天！这只风筝该是承载着他的梦想吧！风越吹越大，风筝越飞越高，他越是不知疲倦地奔跑，也许他想把时间和空间就此定格！然而，成长是人生的关键词，终有一天，小男孩也会像这只风筝一样，带着最初的梦想搏击长空，翱翔天宇！

自党的十八大胜利召开后，"努力实现中华民族伟大复兴的中国梦"这股东风吹绿神州大地。中国梦是每个中国人梦想的总和。每个中国人心里都有一只风筝，都有翱翔天宇的强烈渴望和坚定信念！

风筝，飞啊飞，飞啊飞，飞向梦想的天空！在那里，幸福是一条绵延不断的丝线。

方形水泥地的两旁是茂密的树林。在 365 个日日夜夜里，造物主四易其主色调。

在春天时，树林披了一层浅绿的薄纱，水灵灵的叶子像一位修炼吸星大法的绝世高手，把大地的精华都转运到身上，贪婪地生长。叶子是鸟儿的驿站，这些春之精灵驻足于此，吸纳着万物复苏的元气，在和风细雨的润泽下浅唱低吟。春之气息是如此的蓬勃，是如此的催人奋进！

在夏天时，绿意更浓了。一场"歌王争霸赛"在动物王国展开激烈角逐，曲风各异：有声嘶力竭咆哮的，有柔情似水倾诉的，有缠绵悱恻煽情的……你方唱罢我登场，好不热闹！植物大家族则如火如荼地开着"选美大会"，一个个涂脂抹粉，炫耀着婀娜的身姿，以图艳压群芳。这般如火的热情是夏天的基调。

在秋天时，树林成了金黄色的海洋。树上果实累累，一个个挺着将军肚的果子在金风的拉扯下得意地晃悠，仿佛向人们炫耀："看！我多么健硕！"丰收的味道是如此的吊人胃口。

在冬天时，这里没有千里冰封、万里雪飘之壮观图景，也没有瑞雪兆丰年之欢欣气息，有的只是天寒地冻之萧瑟画面。生灵们都在严冬中蛰伏着，为使自己能在来年夏天的"选美大会"中一展风姿而养精蓄锐。

然而，无论春夏秋冬如何轮番登场与谢幕，广场舞大妈们始终是市政广场一道亮丽的风景线。她们大多是中老年人，有的大妈甚至寿登 80 岁高龄了。她们扭动着不太利索的身躯，和着音乐节拍，把同一套动作不知疲倦地重复一遍又一遍，常常一跳就是好几个小时。她们日复一日地跳，可谓是：铁打的大妈流水的季节。

春天，她们舞着朝气与活力；夏天，她们舞着激情与热烈；秋天，她们舞着丰收与喜悦；冬天，她们舞着蛰伏与希望。

有一次，我向一位相熟的大妈询问其跳广场舞的动机，她乐呵呵地说："现在生活好了，我和一帮姐妹们坚持锻炼图个健康长寿，争取做世纪老人哩！"

是的，现在国家富强了，我们都享受着生活的甘甜，都渴望看尽人间三千繁花开开落落。

沿着广场中心区径直上前，市政广场的全民健身场所便映入我的眼帘。在这里，健身设施应有尽有。举目望去，到处皆是挥汗如雨的身姿。健身器材上大妈大叔心无旁骛地锻炼，脸上挂着一丝不

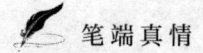

易察觉的幸福的微笑。在他们的心中，年龄不过是个符号而已。在乒乓球台前，大人和小孩你来我往地对攻，充斥着欢声笑语；篮球场上的小伙子闪转腾挪，健步如飞，尽情宣泄着青春的激情……

他们虽然只是这个时代中一个个不起眼的小顿号，但十四亿小顿号凝聚起来便是一个举世瞩目的大叹号！

市政广场是人与自然和谐共处的缩影。在这里，景应和人，人点缀景，人景合一，构成一幅幅其乐融融的画卷。

此景只应天上有，人间能得几回游？

星光不问赶路人，时光不负有心人。在不知不觉中，又到了华灯初上之时，我该去市政广场徜徉了。

路在脚下走过

　　红尘是一个普罗大众演绎着七情六欲、悲欢离合的舞台，独存于浩茫的宇宙中。它是一个大染缸，汇聚着五颜六色；它是一个五味瓶，交融着酸甜苦辣；它是一张巨网，交织着生离死别……

　　世态炎凉是红尘的显著特征。我满怀期待地出发，在红尘中行走，以为天下的人都能和自己"心有灵犀一点通"。然而，却时常遇上一张张冷若冰霜的面孔。

　　我无数遍问苍天："难道天下真无我的知音？"我虽不甘心，可又能怎么样呢？我惘然了。幸好，命运让我与你相识，我那在红尘中饱经风霜雨雪的心才有了归宿。

　　也许，我这一辈子都忘不了你的名字，虽然你的名字是那样普通——陈中献。

　　你是我生命中永远无法抹去的印记。我愿用一支纤笔化作缕缕墨迹，把时光定格，为岁月留痕。

　　很幸运，在我五岁那年，命运让我们缘定今生。在一个星期天的下午，你来到父亲的商铺探望我和父亲。当时，我正在地上玩玩具。你面带微笑，一把将我抱起，逗我说话。我盯着你那张陌生的脸，那是一张拥有符合黄金比例的五官的饱满的国字脸。鼻梁上架着一副无框眼镜，体格健硕，身穿一件唐装，显得才华横溢。突然，不谙世事的我哭了。你见状，把我放下，一边轻柔地牵着我的小手，一边哄着我，在不远处的小卖部为我买了一排"娃哈哈"饮料。

这是我对你最初的印象。

事后，父亲告诉我，你是他的同事兼好友，曾在重点中学当语文高级教师。

到后来，在很长一段时间里，我俩天各一方，多年未见。

岁月轮转，流年如水。在看尽了童年的花开花落后，我升上了初一。当时，我的语文成绩遇上了瓶颈。一直以来，语文都是我的强项，可不知怎的，上了初一，我的语文就连遭几次滑铁卢。我自个儿分析原因，却云里雾里。我在无数个夜阑人静的深夜忆起语文试卷上那一堆鲜红的叉叉，情不自禁地泪如雨下。我一遍又一遍地叹息："完了，完了，我的语文完了。"带着恐惧渐渐进入梦乡。

我并没有坐以待毙，四处寻访名师，可总不尽如人意。最后，我想到了你——可能是在冥冥中命运安排我们再次相见。在一个风和日丽的上午，我来到你家求学，你为我倒了一杯茶。我环顾四周，只见右侧墙壁倚着一个雅致的大书柜，或许我把它比喻成小型图书馆更贴切些。里面的书籍应有尽有：有医学类书籍，有体育类书籍，有政治类书籍，有文学类书籍……其中，文学类书籍占的比重最大，文学类书籍又细分为小说集、散文集、诗歌集等，它们被整齐地陈列着。

一阵寒暄过后，你用了整个上午为我分析试卷并一针见血地指出我错漏百出的症结所在——基础知识薄弱。随即，你把应试的技巧向我倾囊相授，这些知识是我从课堂上无法学到的。

在不知不觉间，你已汗如雨下，双眼渐有疲态。然而，你却丝毫不在意!

在一个月后的语文测验中,我得了全班最高分。同学们对我赞不绝口,老师把我树立为后来居上的典型,认识我的人都钦羡我的成功,可只有我才知道——你功不可没!

我要衷心地谢谢你!

多年后,我结束了求学生涯,成了一名自由撰稿人。初出茅庐的我选择你作为我的指导老师。刚开始时,我的每一篇文章都由你亲自把关。我每次把稿子成竹在胸地送到你手中,你总是沉默不语,把文章的一字、一词、一句都看了个遍,然后再看第二遍、第三遍……有时甚至看了六七遍。当把文章交还我后,你总摆出一副令人捉摸不透的神情,不动声色地问我:"你觉得自己写得怎么样?"我总是说:"不清楚。"内心却盼着你表扬,谁料等来的却是一句:"文章写得好是好,不过还存在若干问题。"我心急如焚地等待着你的讲解,你却露出一丝诡秘的微笑,许久也不说出半个字。我有些沮丧,你察觉到了我的失望,过来拍拍我的肩膀:"没关系,这些都不是大问题,稍做改正就好了。"我转颓为喜,继续聚精会神地听你讲解。

你通常用形象的比喻来阐述每一个文学创作技巧。这种深入浅出的授课方式使我犹如享受一桌珍馐百味。你说,写文章要从三个方面入手——立意、篇章结构、语言表述;你说,写人的文章一定要用事例来表现人物形象;你说,与主题无关的内容千万不要写……众多知识点被你梳理得有条不紊,一个错别字也逃不过你的火眼金睛。讲毕,你总是问:"听明白了吗?"看着我自信地点点头,你满意地笑了。

我把你授予我的知识点一字不漏地记下。如今,几年过去了,我整理出来的笔记已有多本。这些密密麻麻的笔记凝聚着你的心血，也是我们师生情最可信的证物。当创作遇到困难时，我就会翻开笔记，于是，便茅塞顿开。渐渐地，我察觉到你讲授的内容与很多作家的创作经验如出一辙。当你得知我运用你教给我的知识写成的作品被《泷江文艺》《泷州雄风》《云安文艺》等杂志采用时，你笑得多么开怀，就像一个孩子得到他梦寐以求的玩具那样欢欣！

我的生命中有你，真好！

在平时没有创作任务的时候，我总喜欢跟你聊天。其间，我就像一台发问机那样不断地向你抛出各种各样的问题，你总是不厌其烦地为我解答。每当这时，我便情不自禁地感叹："老师，你脑海里的知识宝藏恐怕我三生三世也挖不完！"你笑笑，"我们互相学习，共同进步"，说得那么云淡风轻！见你如此，我便越来越乐意向你讨教了。

我敬佩你！

我记得有一次跟你闲聊时正值炎炎夏日、烈日当空，两名农民工在我们谈话的地方附近施工。他们汗流浃背，胳膊和大腿脏兮兮的。你注视他们良久，突然发出一声慨叹："他们不容易啊！"我从你的眼神中读出了你的恻隐之心。你泡了一壶上好的铁观音送过去，搬来两张椅子让他们休息。其间，你对他们嘘寒问暖。当看着他们咕咚咕咚地喝茶时，你的心里是多么的满足！反观有些人，如前几年闹得沸沸扬扬的"小悦悦事件"——路人们对受伤倒地的儿童视而不见，坚决奉行"各人自扫门前雪，莫管他人瓦上霜"的价值观，结果酿成了悲剧。这套价值观正是你嗤之以鼻的。

我能成为你的学生是前世修来的福分！

在和你相处的时光中，我深感快乐而幸福！只是，再深的交情也会有历经考验的时候。有一次，因一件鸡毛蒜皮的事，我对你产生了误会。我一怒之下将你臭骂了一顿，你竟没有生气，只是一个劲地劝我："冷静！冷静！冲动是魔鬼！"待我气消了，你便苦口婆心地安慰我，如春风化雨般消解我心中的积怨。此后，虽然你在我面前再没提及此事，就像这事没有发生似的，可我每每想起这事就羞愧得无地自容。

我对你肃然起敬！

不知你是否还记得？在一个异常寒冷的冬日，我衣着单薄，在北风的侵袭下浑身发颤，鼻涕嗞嗞地流下。你倒出几颗感冒灵和水吞下，顺势瞟了我一眼，迅速把你的大衣一脱，着急地说："穿上吧，别冻坏身子。"随即便传来你的咳嗽声。我循声望去，你单薄的衣服异常显眼。我瞬间鼻子一酸："老师，不行啊！大衣还是你穿吧！你自己感冒了还这么关心我！"你生气了，命令我："赶快穿上！"我只好遵命。"你呀，都这么大了，还不懂得照顾自己。"你不住地"唠叨"，仿佛比我的父母还急。

一时间，我眼眶湿润，两颗晶莹的泪珠顺着脸颊滑落。

我感激你！

唐代诗人王勃云："海内存知己，天涯若比邻。"你常说："我们是忘年交。"你的这份谦逊，我虽不敢领受，可在我心里早就将你视为知己了。千百年来，高山流水的典故家喻户晓。我俩的君子之交就像典故中的俞伯牙和钟子期，你奏旷世妙音，我悟高山流水。

春至满园皆秀色，秋来无处不花香。人生得一知己足矣，感恩红尘中有你——陈中献老师！

路，在脚下慢慢走过。

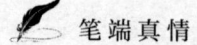

生命的意义

产房内，"哇哇……"哭声震屋瓦，一个新生命悄然降世。

自此，这个生命可称之为"活"在世间了。精彩纷呈的人生大幕为其徐徐掀开。生命，是上苍赐给我们最珍贵的礼物。当我们惊喜地打开这份礼物，会发现它竟如此内涵丰富，韵味无穷。

在人生的历程中，既充满着生活的浪漫，也饱含着人生的意义，更潜藏着社会的价值。人生是一场神奇而美妙的华丽之旅。只要活着，我们就有机会，就有希望享受生命开设的盛宴。

我们可以在一个晴空万里的上午，披着和煦的阳光独自漫步在公园里，行走在蜿蜒曲折的小径上，哼着小调，一路与繁花相伴。身旁花枝迎风招展，花儿娇艳欲滴，浑身上下粉嫩粉嫩的，红的、黄的，粉的……每一种花都怒放着生的朝气。瞧！它们正敞开怀抱，含羞地微笑，在惬意地享受着生的喜悦。花香中带着丝丝甘甜，和着春风沁人心脾，惹得我们大口大口地吮吸，生怕"苏州过后无艇搭"。在花的四周，蝶儿翩跹起舞，蜂儿打着转儿振弦清歌。这对神仙眷侣是大自然的精灵。置身于它们的轻歌曼舞中，我们定会情不自禁地感叹："生活处处皆风景，人生无刻不春光！"真的，我们有幸流连于诗情画意中，尽情而悠闲地享受着大自然恩赐给我们的浪漫情调，实乃人生的一大快事！

我们也可以在一个霞光万道的黄昏，怡然自得地来到附近大学校园的亭子里，捧着一卷青春杂志在亭子下凝神阅读。这时，夕阳西下，红霞满天，白日的喧嚣渐归沉寂。抬眼望去，只见莘莘学子来去匆匆的身影。理工男、文艺女在校道上来回穿梭，人潮滚滚，摩肩接踵，处处涌动着青春的气息。校道两旁的参天古树上，蟋蟀也被这朝气蓬勃的脚步声惊扰到了，它们毫不羞怯地扯开嗓子，沐浴着清风在悠然自得地浅唱低吟。在橘红的黄昏中，凉风习习，树影婆娑，百鸟归巢。渐渐地，夜幕悄然降临，华灯初上，万物开始休养生息。置身于如此恬静优雅的氛围中，我们很难不心宁神明。我们可以抛开一切闲思杂念，尽情地在这一行行清新的文字中找到心灵的归宿。此刻，书卷气、天地灵气、生之气息混合着，源源不断地涌进我们的心窗，令我们在无穷的留恋间慨然感叹："能来这世间走一趟真是幸福！"

　　只要活着，我们就能尽享大自然的五彩缤纷。

　　当我们饥肠辘辘时，可以约上三五知己在心仪的酒楼食肆中犒赏自己。我们可以点上几样爱吃的小菜，和着一壶浊酒，或品着香茗在推杯换盏、高谈阔论中尽享大快朵颐之乐。或是在一个周末，带上自己的父母妻儿，到附近的肯德基点上一个全家桶。甜脆的雪糕、酥脆的薯条、香辣的炸鸡，诱得我们垂涎欲滴。我们可以一边细嚼慢咽，一边与家人唠家常，在可口美味与欢声笑语中共享天伦之乐，体悟人生的酸甜苦辣。

　　只要活着，我们就可以做很多想做的事。

　　我们可以观看一场世界顶级的足球赛来释放心中的激情。当我们全神贯注地观看比赛时，会被球迷们铺天盖地的热情所震撼，会被球星们行云流水般的脚法所惊叹，会因喜爱的球员的进球而狂喜。当终场哨吹响时，我们不知为何会有些惋惜。是的，当我们陶醉于足球赛的精彩刺激时，灵魂早已被球星们的精彩表现所震撼，脉搏会随着撼人心魄的画面而加速跳动。这时的自己已不再是自己。试问，天下间还有什么能比这激浪涌上心头的感觉更美妙的呢？

我们也可以在心中郁结时播放一首旋律优美的抒情歌。当歌声徐徐响起时，我们的灵魂会在不经意间融化在歌者的天籁之音中。我们的情感会随着音乐的意境时起时落，平缓婉转的节拍带给我们的是如沐春风般的享受。在音乐的世界里，灵魂会因接受乐韵的洗礼而升华。这种与音乐共鸣的感觉相较于品尝玉液琼浆更能令人快意！

只要活着，我们的生活就是如此浪漫！

在漫漫人生路上，我们可以为了一个梦想矢志不移地追逐。在逐梦的过程中，我们会历尽如唐僧取经路上的九九八十一难。通往梦想的路上总是布满荆棘、险滩和陡崖。当我们想要知难而退时，请坚信：挺过去，就是一切！当我们为梦想全力以赴时，不管最终的结果如何，一路上风吹雨打的考验足以使自己获益良多。在困难面前，我们总能激发自己最大的潜能，我们的小宇宙会爆发出无与伦比的能量。在困难的磨砺下，脆弱的心灵会愈发坚韧，青涩的心智会日趋成熟，幼稚的思维会更加理性，摇摆的信念会无比坚定，孱弱的勇气会格外充盈。困难的磨砺可以使我们成为一个更优秀的人。每一次磨难都是使我们的个人能力得到飞跃的良机。有句歌词唱得好："有些收获不在终点，只在过程。"或许，这就是奋斗的意义吧！

没有奋斗的生命如同一具行尸走肉那样悄悄地来，匆匆地走，像一张燃烧着的白纸那样升起缕缕轻烟。

我们可以抽空给自己充充电——看看专业书，看看报纸杂志，或是上网浏览一些有用的资讯……在碎片化的信息时代中，我们应分秒必争，不负年华，尽一切可能来提升自己。

我们也可以时常反思自己的过失。俗话说：人非圣贤，孰能无过？过而能改，善莫大焉。人生本就是一个不断犯错又不断改正的过程。人总是在追求完美。只要在生活中一点一滴地把自己的过失纠正，我们就能无限接近完美的境界，成为想要的自己。

只要活着，我们就能参透生命的意义。

我们可以在空余的时间做义工。在十字路口协管交通，避免人们违反交通规则而酿成悲剧，这不仅是为他人的生命负责，也使自己的生命绽放出神圣的光芒。我们可以在节假日给孤儿院的孤儿们送上小礼物和温馨的祝福或是到敬老院为老人们剪指甲，嘘寒问暖，让他们孤寂的心灵得到爱的慰藉，让他们的双眸永放希望之光。我们乐善好施，以绵薄之力温暖他人，既使他人受惠，又创造了自身价值，正可谓：赠人玫瑰，手有余香。

只要活着，我们就要创造生命的价值。

生命是无价之宝。对于上苍恩赐的这份无价之宝，我们怎舍得随意丢弃呢？

如果我们失去了生命，一切都将失去意义——日月星辰将暗淡无光，山川湖海将不再壮美；阳光的温暖，月光的皎洁，灯光的敞亮都将化为乌有；狂风的嘶鸣，大海的咆哮，野兽的怒吼，鸟儿的啁啾，虫儿的聒噪我们永远都听不到了；花儿的馨香，泥土的芬芳我们永远都闻不到了。

我们将永堕于阴森死寂的冥界，永别烟火，永别温暖，永别希望，永别光明！

趁生命的时钟还在转动之时，我们理应把每分每秒幻化成缕缕阳光，丝丝雨露去普照众生，去滋润万物。对于每个人来说，生命就是一切！虚掷光阴，辜负年华是不可饶恕的过错，放弃生命更是应被天诛地灭的罪行！

纵观人的一生，从呱呱坠地，到牙牙学语、蹒跚学步，再到寒窗求学、为梦奔走，直到安享晚年、叶落归根，不过短短数十载，在漫漫历史长河中犹如白驹过隙般的一瞬，但却充满着生活的浪漫，饱含着人生的意义，潜藏着生命的价值。人生虽沧海桑田，却波澜壮阔；虽五味杂陈，却余味无穷。只有珍惜每一个活着的当下，我们此生才能无憾。

生命即是竞争，生命即是选择，生命必须繁衍。社会的基础不在于人的理想，而在于人性。我们应在洞察生活的真相后努力生存。

活着，真好！

以古为镜

西周王朝在周武王和姜太公等人的励精图治下，呈现出一片繁荣昌盛、万邦来朝的景象。在政局稳定后不久，姜太公就被其师父元始天尊召回天庭。玉帝为表彰他的盖世奇功，封他为"安乐公"。自此，他吃有珍馐百味，穿有绫罗绸缎，行有龙舟凤轿，住有豪华宫殿，过着无忧无虑、逍遥自在的日子。

就这样，一晃几千年过去了。在天庭住久了，姜太公开始留恋起那个令他功成名就的人间。不久后，他就向玉帝提出下凡视察的请求。玉帝掐指一算，得知他尘缘未了，便欣然应允。

姜太公满怀愉悦地带上他那标志性的直钩钓竿，腾云驾雾来到当年周朝国都镐京的所在地。眼前的景象令他大吃一惊：那些错落有致、流光溢彩的宫殿不知哪儿去了，取而代之的是一幢幢钢筋水泥建成的摩天大楼，轰鸣的汽车声代替了咯吱咯吱的马车声。一群群穿着时髦的俊男美女，一条条纵横交错的柏油马路和一幢幢鳞次栉比的楼宇交相辉映。

"这地方怎么变得比天庭还美丽啦！"姜太公万分惊叹。他边走边看，一双眼睛不住地环顾着眼前这个新世界，如哥伦布发现新大陆那样兴奋。

街道两旁商铺林立，货架上的商品琳琅满目，持币待购的人络

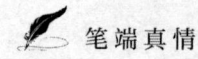
绎不绝。无论是西装革履的男士，还是淡妆浓抹的女士，手中都有一个状如砖头的东西。男女老少都拿着这东西点点划划，令人神奇的是，它还能放到耳边跟人通话。男人们都不再是长发披肩的模样了，女人们则穿上了超短裙，一对对浪漫的情侣在卿卿我我，哪还管什么三从四德？姜太公目睹眼前这一切，满脸狐疑："我是不是走错地方了？"

他带着满腹疑惑向前走，忍不住截住一位路人问："请问这里是周朝的国都镐京吗？"对方见他身穿道士服，仙风道骨，有如一位神仙。他不禁朝姜太公身上反复、仔细地打量，感觉似曾熟悉（眼前姜太公的形象似乎在某部影视剧中出现过），却一时又想不起眼前的人是谁，便好奇而热情地问："敢问阁下尊姓大名？"姜太公和颜悦色地回答："我姓姜，名尚，字子牙，大家都叫我'姜太公'。"那人"啊"地惊叫一声："我没想到竟是老神仙临凡，失敬！失敬！"姜太公拱手还礼，道："不敢当！"对方耐心地解释："这里早就不叫镐京而改叫西安了！中国的历史在这几千年的长河里，几经兴衰，分分合合，朝代更迭频繁。您所在的周朝早就成为了历史，现在这个国家叫'中华人民共和国'……"听罢，姜太公不由得感慨世事变幻莫测，谁也挡不住历史前进的步伐。他为子孙后代能继承并发扬这灿烂辉煌的华夏文明而感到由衷的高兴，但同时，一缕缅怀故国的情思油然而生。"历史总是要前进的。"姜太公自言自语。

姜太公在辞别路人后，边行边想：如今中华文明这样发达，国家大事再也用不着我操心了，我不如自寻快活去！于是，他不再逗留，带上他那心爱的钓竿，径直奔赴渭河。他停驻在渭河边，放眼望去，渭河碧波荡漾，几艘船在水面上缓缓行驶，每艘船上五六个人，有的在撒网，有的在收网，有的在清点……每一艘船都满载着"战利品"——鱼。鱼儿急于回"家"，奋力地挣扎，上蹿下跳，其中有几尾蹦起来一个俯冲便如愿逃了回"家"。

渭河很宽，一望无际。姜太公在河边悠然地踱步，一边大口大口地呼吸着新鲜的空气，一边寻找下钩的地方。这一带绿树成荫，树下铺设了一条红色的"绿道"。"绿道"上的人或放声歌唱，或高谈阔论，或一家人在悠闲地漫步。离"绿道"稍远的地方有块面积较大的水泥地，水泥地上播放着激情飞扬的流行音乐，大妈们和着轻快的节拍，一摇一摆地秀着不太标准的舞姿。姜太公停驻了一会儿，看见前方有一个标着"钓鱼区"的牌子。前面密密麻麻坐着持杆垂钓的人。他选了一个空位坐下，举竿垂钓。他这钓竿的钩，依然是三千年前的直钩，汇聚着天地之灵气、日月之精华，金光闪闪，引人注目。

众人看见他那奇怪的鱼钩，又见他白须飘飘、仙气缭绕，纷纷上前和他搭讪："阁下是来拍戏的吗""你好像电视剧上的姜太公呀""莫非你是姜太公"……姜太公微微一笑，从容应对，随即装上鱼饵，把直钩抛落水中。他等了许久仍未见有鱼上钩，心急之下便用余光瞟了几眼周围钓友们的鱼竿，只见他们下钩的水域咕咚咕咚地冒起了泡。未几，一位胖子就"唰"地钓起一尾锦鲤。时间一分一秒地过去，钓友们钓起的鱼越来越多，越来越大，唯有姜太公的鱼钩还空空如也。他暗想：难道这些鱼长了智慧？姜太公急得头皮都挠破了，还是找不出个中缘由。一位好心的钓友拍了拍他的肩膀，苦笑着说："老神仙呀，现在世道变了。正正直直的人很难在社会上生存。人们大多变得麻木、势利、自私、冷漠。举例说吧，有些人给孩子选个好学校要向校长送礼，为了升职要向上司行

笔端真情

贿……在街上，老人摔倒了没人敢扶；明明看见谁家有贼子进屋，邻居也都装作什么也没看见。他们都奉行着'各人自扫门前雪，莫管他人瓦上霜'的做人信条。有些人口口声声赞美雷锋精神，心里却说雷锋是个不折不扣的傻子。无可否认，虽然现代社会的生活水平的确是提高了，但道德价值观却扭曲了。我听说，鱼是人死后投胎变成的，鱼心即人心。他们与直的东西没有心灵感应，怎可能上你千年不变的直钩呢？"这位钓友说完，长叹了一声，旋即回到了原来的位置。

在听了这一番话后，姜太公不禁悲从中来，他对着波光粼粼的水面，不禁回忆起当初治理朝政的那段日子。那时候，虽然社会物质文明极度落后，人们过着不太丰裕的日子，但精神却是富足的，路不拾遗，夜不闭户，民风淳朴。女娲娘娘创造出来的人类的心性本来是善良而美好的，怎么经历了几千年就变得那么丑陋了？

他把鱼竿折断了，对着渭河长叹："人心不古，人心不古哪！"

"宁向直中取，不向曲中求！"他要坚持自己一贯奉行的处世准则。他想：鱼儿都不上钩了，我还要这把钓竿有什么用呢？于是，"啪"的一声，他把保存了几千年的钓竿折断了，扬手就要投进渭河的水波里。

就在此时，一位在河边散步的老爷爷"扑通"一声摔倒在地上，昏迷不醒。见此情景，姜太公慌忙大喊："救命！救命呀！有人昏迷啦！"一对年轻夫妇闻声赶来，妻子匆忙对丈夫说："我学过急救知识，这里就交给我了，你赶紧去拨120。"说完便赶紧为老人做起了人工呼吸。过了十来分钟，救护车来了。不久后，老人的鼻孔有了呼吸的气息。过往的路人纷纷围过来，配合医护人员将老人送上救护车……

看到此情此景，姜太公刚刚凉了半截的心得到了极大的安慰，他由衷地感叹："人间仍有真情在啊！"其实，人性的真善美并没有随着岁月的流转而改变。美与丑历来是对立统一的，没有丑，美何以立；没有美，丑何以存？人性并没有真正地堕落，那些丑恶的现象只是社会的冰山一角罢了。姜太公想找刚才那位钓友，听听他对眼前这救人的场景有何看法，但那钓友早已消失在茫茫人海中了。

次日，姜太公回到天庭，把在人间的所见所闻一一向玉帝禀报。玉帝听后龙颜大悦，随即赏他一副无比雅致、无比高贵的钓竿，捋着长须哈哈地笑道："人间的那些孩子们是宇宙间最有前途的灵物。他们定会改好自身的毛病，创建出比天庭还要美好十倍的和谐社会！"

古人曰：人事有代谢，往来成古今；以古为镜，可以知兴替；以人为镜，可以明得失。姜太公的种种传说，给人以启迪和智慧，使我们更加聪明起来，办好自己的事情，构建和谐社会，构建人类命运共同体，走向更加辉煌的明天。

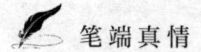

交响乐的领奏者

一位哲人曾说："生活是一曲完美的交响乐。"强者正是因为有了很多成功的经验才拥有辉煌的人生。作为一个强者，罗定市武术协会（以下称"罗定武协"）会长梁家健在领奏罗定市武术协会这一交响乐中凝聚着力挽狂澜的音符，敲击着辛勤播种的节拍，领奏着奋发向上的旋律，谱写着硕果醉人的乐意。

开拓——凝聚着力挽狂澜的音符

1965 年的一个拂晓，罗定市素龙镇水浸村的上空瑞气盈盈，祥云缭绕。一个健硕的婴儿呱呱坠地，由此开始了他传奇的人生。他就是后来叱咤泷州（罗定古称"泷州"）武林的风云人物——梁家健！

罗定是历史文化名城，武术之乡，龙腾虎跃之地，自古就有习武之风。此地人才辈出，仅在民国时期，就涌现出梁荣贵、梁方伍、陈乔山等一大批武术名家。

梁家健的故乡水浸村习武之风十分盛行。村中热爱武术的叔伯在少年梁家健的心中种下了一颗"武术"的种子。他 8 岁开始习武，17 岁入伍并历经战争的洗礼，荣获集体二等功、个人三等功后光荣地加入了中国共产党，退伍后下海经商，现任罗定市工商联副主席、罗定市商会副会长、罗定市豪庭房地产董事长、罗定市知足乐休闲中心董事长、罗定市深港房地产董事兼总经理等职。

20世纪80年代，《大侠霍元甲》《少林寺》等一批武侠剧的热播掀起了罗定人民的习武狂潮。一时间，前往罗定各大武馆习武的青年人络绎不绝。各村各镇舞龙舞狮、弄刀耍枪之处都被围得水泄不通……武术成了人们在烦嚣红尘中的寄托。

近年来，随着社会的发展、科技的进步，人们的生活方式发生了翻天覆地的变化。一个神奇的电子产品——手机，彻底操控了人们的日常生活。大街小巷，"低头族"随处可见。原本风华正茂的学生、意气风发的上班族、起早贪黑的商贩……他们无一不成为手机的奴隶。手机已俘获了普罗大众的灵魂，使一部分人忽略了身体锻炼，练武之风亦随之而日益消退。

这一切被身体里流淌着武术血液的梁家健看在眼里，急在心里。晚风敲打着窗户，虫儿聒噪不已，他在床上辗转反侧，思绪万千。"如何使人挣脱手机的束缚，使人民群众重拾强身健体的热情？如何重振泷州武魂？罗定武术将何去何从？"这些心结不知伴随着他度过多少个不眠之夜。

终于，从军时驰骋疆场的热血，簇拥着年少之时用武术的种子熔铸成的武魂，滔滔而来，浩浩荡荡地涌上他的心头。他立下宏愿：一定要让泷州大地恢复"尚武"的本色！

于是，一张宏伟的蓝图在他心中绘就——创办罗定武协！

于是，这位年富力强的企业家，自信而又坚定地开始了他人生旅程上的又一轮拼搏，去迎接更大的挑战。

于是，泷州大地陡地竖起了一面敢为人先的旗帜！

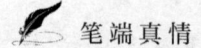

怀揣着梦想，梁家健找来一伙志同道合的人，共同商讨成立武协的事宜，他们分别是：梁以兵、陈凤彰、石天洪、黄建权、梁家钰、刘兵、梁柏江等。

梁家健用泷州儿女博大的桑梓情怀来挑起复兴罗定武术界的重担。他这般具有勇挑大梁的气魄的拓荒者有如交响乐中跳动着的力挽狂澜的音符。梁家健呕心沥血，为这曲气壮山河的交响乐殚精竭虑地四处寻找、发掘这样的音符。

在凝聚这一个个音符的过程中，梁家健正一步步地编织罗定武术人的梦想，他要张开双臂去迎接罗定武协灿烂的明天！

耕耘——敲击着辛勤播种的节拍

罗定武协的成立首先要解决的是资金问题。为了筹资，梁家健时常东奔西跑。他带头捐资并积极联系市委市政府的相关领导、企业家、杰出乡贤及社会各界热心人士。为了争取他们的支持，梁家健不厌其烦地道出自己创办罗定武协的宗旨：为使武术重新成为历史文化名城罗定的标杆，打造一个武术交流与发展的平台，开展多种形式的武术交流活动，让罗定武术得以更好地传承与发展。梁家健争取他们的认可过程一波三折。在日复一日的争取中，他不知磨破了多少次嘴皮子，不知踏破了多少双名牌皮鞋。他似乎有用不完的精力，经常通宵达旦开展工作。长期的疲劳和压力让他面色憔悴。在外地出差时，他时时刻刻牵挂着亲人。有一次，他和好友谈起自己的亲人，不禁泪眼盈盈。"我总感觉自己欠亲人们挺多的。在妻儿需要我的时候，我不能及时陪伴在他们身旁。还有我那年迈的老母亲，她靠轮椅代步，她为我付出那么多，我陪伴她的时间却那么少！"

然而，泪水怎能冲垮他的理想？因为，他是志存高远的鸿鹄！他是舍小家为大家的公仆！满腔热血在他体内奔涌！满怀豪气在他胸中激荡！不成功便成仁的信念给了他势不可当的力量！

人们凝望着梁家健风里来雨里去的身影，不禁心生狐疑——难道焦裕禄复活了？不对！出现在大家面前的只是一个如假包换的梁家健啊！

从此，群星闪耀的罗定武术史多了一个响亮的名字——梁家健！

功夫不负有心人，他的诚心终于打动了大家——

罗定市委市政府鼎力支持！

企业家和乡贤们纷纷捐款捐物！

社会热心人士慷慨解囊！

退休老领导朱子文亲自骑着自行车送上经费！

……

其次是解决场地的问题。这又体现了梁家健的无私特质了！他把自己的物业"侨都豪庭"的其中两层捐献出来用作武协的办公场地和训练馆，从此武协有了"家"。他和共同发起人一边发展会员，一边制订章程、会歌、会徽，一边创办会刊《泷州雄风》……腊月，隆冬如期而至。可是，这年冬天似乎不太冷——罗定武协即将成立的东风赶走了凛冬的寒意。

2016 年 12 月 13 日，罗定市武术协会正式成立！

罗定武协的成立吹响了罗定武术全面复兴的号角。它标志着罗定武术界从此有了领头羊！

自此，罗定武术正式步入规范化、程序化、高效化的发展轨道！梁家健是个不安于现状的人，为了实现"把罗定武协办成粤西地区的一张具有巨大影响力的名片并以此辐射整个广东省"的宏伟目标。作为会长，他多谋善断，在打造罗定武协品牌形象的过程中注意把科学与艺术相结合，继承与发展相结合，较好地把握住"发展的速度，稳定的程度"，一步一个脚印，把罗定武协发展的每一项工作落到了实处。

为了使罗定武协领导班子成为一个团结的班子，梁家健始终严于律己，身先士卒。他对全体班子成员提出了"严于律己，善于管理，敢于理事，精于业务，德艺兼修，乐于助人"的要求，自觉协调好部门与部门之间、领导与领导之间的各种关系，坚持"大事不独断，责任不推诿"的集体领导原则。如此一来，罗定武协这台焕发着活力的机器能够更加高效地运作。

在罗定武协并不长的发展历程中，梁家健始终和大家同舟共济。在他心中，罗定武协是自己的第二个家。罗定武协的一草一木和罗定武协的明天全装在他心中。为了罗定武协光辉的未来，梁家健在人们正忙于办年货、准备过年的短暂假期里坐在罗定武协简朴的办公桌前写发展方案，为罗定武协的明天把脉开方。

确实，梁家健对罗定武协的投入是全方位的，时间、精力、情感……他用自己的雄心去点燃大家的热情，用自己的行动去鼓起大家的干劲，用自己的人格去激发大家的斗志。所有这些都使这个年轻的组织焕发出勃勃生机，积聚了巨大的发展潜能。

罗定武协的发展思路是：面向未来，立足现实；打好基础，注重发展。梁家健就像交响乐的领奏者一样敲击着罗定武协的发展节拍。他犹如一位拓荒者一般在罗定武协这片新开垦的土地上勤耕不辍，在春天里播种，也在播种春天！

奋斗——领奏着奋发向上的旋律

在古希腊神话中，普罗米修斯的故事妇孺皆知。普罗米修斯盗火给人间带来光明，却因此受到宙斯的惩罚，被秃鹰永无止境地啄食肝脏，受尽折磨却无怨无悔。梁家健就是"罗定武协"版的普罗米修斯。

在武协成立后不久，梁家健组团前往湖南参观交流，通过借鉴武术发达地区的先进经验为罗定武协开辟一条正确的发展之路。谁料好事多磨！在途中，梁家健突发胃出血。陪同人员急了，强烈建议梁家健就医并取消行程，谁料梁家健面不改色、斩钉截铁地说："我是为罗定武协的前途而去的，即使是死在路上，也无怨无悔！我不要紧！大家继续前行吧！"

这一恪守初心的铮铮誓言如惊雷般响彻泷州大地。在那天，泷州古城细雨绵绵，那是苍天为梁家健舍己为人的品质动容垂泪！

事后，亲朋好友问他何必要这样做，他说："既然我流淌着武术之乡罗定的血液，就应该为家乡的武术事业尽心尽力，只有这样做才不枉此生！"

的确，人的一生是有限的。我们虽不能延长生命的长度，但完全可以拓展生命的宽度，而生命的宽度往往能体现出生命的价值！梁家健正是用自己的拳拳桑梓情拓展着生命的宽度，也开拓着罗定武协的美好明天！

为了给青少年武术爱好者提供一个展现武艺的平台，梁家健和其他的罗定武协同仁们在 2017 年顺利举办首届"小武状元"交流赛。至今，这个赛事已连续成功举办了三届，无数青少年选手在这

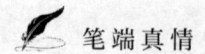

个舞台上施展拳脚，舞刀弄枪，尽情地挥洒着青春的汗水，宣泄着青春的激情！在这个平台上，他们既收获了鲜花和掌声，又收获了自信和成长！

为响应全民健身的战略，梁家健全力推进"武术进校园"活动。在全市多所中小学均可见罗定武协成员授武的身影。青少年敏捷的身手和整齐的校服构成了一道亮丽的风景线！

2017年1月7日，罗定武协派出50名成员，参加首部以罗定为主题的大电影《月是故乡明》的拍摄及安保工作。

2017年2月28日，罗定武协协助罗定市弘扬优秀传统文化协会在菁莪书院举办"第三届文昌文化节"。

2017年4月16日，大型连续剧《蔡廷锴》在罗定市菁莪书院拍摄，罗定武协被特邀参加拍摄工作。

2019年，罗定武协正式成立党支部和妇委会，并组建了一支来自全市各地70余人的女子武术队！

……

罗定武协在整个粤西地区的影响力让梁家健和罗定武协成员们的腰杆子挺得更直了。他常组团赴各兄弟武协交流学习，也常迎接各来访团队。

梁家健对自己的事业总是乐此不疲。他总有干不完的事，总有停不下的思考，总有追求不完的明天！他就是凭着一股奋发向上的干劲领奏着"罗定武协的持续发展"这一交响乐的主旋律。

收获——谱写着硕果醉人的乐章

得益于以梁家健为核心的罗定武协的积极推动，罗定的武术事业迎来了又一个春天——

罗定武协在成立后次年，入会人数较首年翻了几番，2019年协会会员人数超1000人。

罗定武术健儿在2017年惠州全国武术公开赛（5月20—22日）获9金10银2铜；在2017年佛山全国传统武术比赛（10月26—29日）获4金6银9铜。硕果累累，可喜可贺！

在2019年1月12日阳春市粤西地区传统武术（套路）邀请赛，罗定武协代表队凯歌高奏，在强手如云的竞争中脱颖而出，喜获（集体项目）1金1银、（个人项目）25金52银22铜的佳绩。

2019年正月十二，云浮市首届传统武术公开赛在罗定体育馆圆满收官，罗定武术健儿不负众望，取得金牌198枚、银牌113枚、铜牌56枚的骄人战绩。

古语云：海阔凭鱼跃，天高任鸟飞！罗定武协在2017年、2018年、2019年连续三年组团参加惠州全国武术公开赛，分别斩获金牌102枚、银牌78枚、铜牌61枚。罗定武术健儿们用勤勉与执着把自己打造成一颗颗聚满能量的星星，在异乡的武术赛场上绽放出夺目的光彩！

2020年元旦，广东（粤联武）首届龙狮精英大赛暨中泰俄南非擂台争霸赛在市体育馆成功举办！罗定武术健儿旗开得胜，取得金银铜奖牌共200多枚的辉煌战绩，扬威赛场，继续擦亮"武术之乡"的招牌！这次大赛的胜利举办让"罗定武协"这个金字招牌闪耀南粤，梁家健则顺利当选为广东（粤联武）第一届主席，这对于罗定武术界来说可谓是双喜临门！现在，梁家健更忙碌了，因为，他的新目标绝不只是偏安南粤，中国武林的星辰大海才是他心

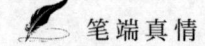

之归宿！

2020 年初，在"新型冠状病毒性肺炎"疫情最严重的阶段，罗定武协顺应全国战"疫"斗争大潮，坚决贯彻市委市政府部署，积极参与战"疫"斗争。梁家健身先士卒，率领罗定武协数十名成员斗争第一线站岗，开展相关战"疫"工作，为保障全市人民的生命健康做出应有的贡献。

2020 年 12 月 3 日，罗定市武术协会召开第一届四次会议暨换届选举理（监）事筹备大会，梁家健连任罗定市武术协会会长。

前路漫漫，在等待着梁家健和罗定武协同仁们的，是一座又一座的崇山峻岭，一重又一重的惊涛骇浪。

在一个艳阳高照的上午，梁家健与家人同游石牛山。他在山之巅昂首挺胸，凝视前方。目光如炬的他，俨如一位即将出征的勇士！

……

在一个多情的黄昏，武术之乡罗定雷声隆隆，雨下如注！泷州大地巨龙翻腾，山河震撼！"泷江"这条古老的母亲河踏着滔天巨浪滚滚而去！

这是上苍对罗定武协缔造者梁家健的礼赞！

当一个人能够感动上天的时候，他的灵魂早已超脱了凡俗。

在金秋时节，丹桂飘香，五谷丰登。

罗定武协如同一支卓尔不凡的乐队，在中国武术界这个星光熠熠的大舞台上演绎着荡气回肠的交响乐。

当人们被这些令人瞩目的成果而陶醉时，自然会赞美这支出色的乐队，赞美这支乐队的领奏者——梁家健，是他为"罗定武协的品牌打造"这一交响乐拨动了成功的音符，敲击着和谐的节拍，领奏着优美的旋律，谱写了硕果醉人的乐章！

　　夜深了，飒飒秋风带来丝丝凉意。梁家健正站在罗定武协的大楼前仰望星空。我想，他定然有了新的构思，定然会继续带领罗定武协去谱写更新、更美的乐章！

灵魂在孤独中升华

漆黑的夜空，冰轮皎洁，清辉流泻。

在庭院里，几棵大榕树并排而立，恰似一字长蛇阵。清曜的月光穿过叶缝投射到地面，形成无数参差不齐的光斑。清风轻轻拂过，摇晃着枝叶。一时间，光影律动，群星起舞，大地成了众星闪耀的银河。在这样的一个又一个万籁俱寂的夜晚，我总喜欢享受习习清风拂过脸颊的凉意，沐浴在溶溶月华里，在庭院悠然地散步，独享这份孤独的心境。

孤独者，自我也，也就是自我清修。一直以来，孤独对我来说都是一种惬意的享受。孤独是一瓶纯净的圣水，它总是涤净我心灵的尘埃；孤独是一道纯洁的圣光，让我的灵魂在返璞归真中得到升华。

先哲言：不登高山，不知天之高也；不临深溪，不知地之厚也。孤独能使我尽享与圣人对话的乐趣。无论是宅在家里，还是在公园的石凳上小憩，抑或是在景区的亭台楼阁上驻足流连；无论是在熙熙攘攘处，还是在欢声笑语处，抑或是静谧如水处；无论是在开心快乐时，还是孤苦幽怨时，抑或是彷徨落寞时，我的手中都有一本好书与我形影相随。红尘太喧嚣，世界太浮躁。孤独让我的心灵与这灯红酒绿的凡尘隔离，使我的灵魂得以心无旁骛地与书中的圣人对话。在畅游瀚海的过程中，我尽可让心潮卷起万丈狂澜，贪婪地汲取智慧之光，让心灵尽情地沐浴在理性思辨的圣光里。这时的孤独不是孤单，而是让灵魂超脱凡尘回归本源的重生。在泛舟书海的过程中，我可以与人民领袖毛泽东对话，感受他"问苍茫大地，谁主沉浮"的万丈雄心；可以与亲民总理周恩来对话，感受他"面壁十年图破壁，难酬蹈海亦英雄"的豪情壮志；可以与民族英雄岳飞对话，感受他"待重头，收拾旧山河，朝天阙"的铮铮誓言……在翻看《物种起源》时，科学巨匠达尔文与我对话；在翻看《圣思录》时，大帝康熙与我交谈；在翻看《论语》时，先哲孔子与我交流……在孤独的心境里，每一本好书都为我打开一扇扇沟通世界的窗户，都为我开辟出一片片让灵魂自由行走的广袤天地。如果没有书，我的生命便不完整，我的灵魂便残缺不全，我的思想便麻木愚钝。

古人云：知之者不如好之者，好之者不如乐之者。孤独是我与书本邂逅的最佳告白。孤独让我的灵魂穿越时空，畅游古今中外，用纯净的钥匙打开一扇扇与圣人的沟通之门，也更使我的灵魂——"世界观，人生观，价值观"在清修中圣化。

孤独能使人的洞察力更为敏锐。当今世界，物欲横流，人心不古。置身于这个到处充斥着铜臭味和权力欲的世界里，人的神经似乎变得麻木。在这个似乎有些人人为己的时代，人们承受着各种生命不能承受之重。学业、工作、恋爱、婚姻……这些伴随着人成长的"项目名称"犹如一个个重如泰山的担子压得人精疲力竭地趴在地上喘不过气来。置身于这股时代洪流中，不少人的触角已不再灵敏。人们不停地在生活的道路上摸爬滚打，久而久之便心力交瘁，故需要一个让心灵小憩的驿站。孤独是最好的心灵避风港。当我累了、困了，便让灵魂躲进孤独的港湾。在那里，我可以三省吾身，盘点岁月。往日的过失，今天的不足会一一在我的脑海中复盘，然后潜意识会向我的灵魂反馈最佳的修正方案。平日里，灵魂的罪恶会在孤独的圣境中无处遁形。孤独天使用她那公正的、智慧的光辉蒸发我心灵的毒液。在孤独的世界里，我就像个公正的法官，针砭时弊，明辨是非，惩恶扬善，用铿锵有力、振振有词的口吻控告心魔。在孤独的王国里，我就是一个白璧无瑕的神，一切在平日里用模棱两可的心态将就过去的待人接物的途径和明哲保身的处事思维都会受到圣水的洗礼。这是因为孤独天使赐予我最原始、最敏锐的洞察力。

孤独能使我更好地享受生活。哲人说："生活本就不是缺少美，而是缺少发现美的眼睛。"是的，生活处处皆风景！当我沉醉在孤独的心境中，生活会还原它本真的色彩。婴孩的蹒跚学步、牙牙学语是童真美，儿童的追逐打闹、欢蹦乱跳是天真美，少年的求知若渴、情窦初开是纯洁美，青年的指点江山、激扬文字是活力美，中年的深思熟虑、砥砺前行是智慧美，老年的铅华尽洗、返璞归真是豁达美。沉醉在孤独的心境中，我的心灵变得更加年轻，更加阳光，更加细腻。在孤独之旅中，生活是一幅五彩缤纷的画卷。在这里，一花一鸟、一草一木都那么醉人心扉！

博学之，审问之，慎思之，笃行之。

今宵，夜空依旧，明月高悬，庭院仍是清风习习，我与孤独的故事浪漫如故。

灵魂在孤独中升华！

命运随想录

午休醒来，闲来无事，我便从书柜里随手抽出一本韩寒的作品集，阅读他那篇成名作《杯中窥人》，联想到他那独特的成长经历，不禁感慨万千。是的，我几乎是他的复制品。唯一不同的是，没有他那样光鲜的经历和骄人的成就。

任由五味交集的思绪在广阔无垠的脑海里自由驰骋，让情感穿梭时空，回到那段让我刻骨铭心的岁月。在不知不觉中，倏忽而逝两年！岁月在我的额上留下浅浅的痕迹。两年的光阴说长也不长，说短也不短。世间早已沧海桑田，许多往事都已成了过眼云烟，只有当年的那些人、那些事，那一道道风干的泪痕在我内心刻下不可抹去的烙印。我清晰地记得，在一个骄阳似火的下午，我从教导主任手中接过一张白纸黑字的文件，上面"停学通知书"几个黑体大字显得格外刺眼。我思量片刻，强作镇定，用拇指和食指死死捏住笔杆，手却在不停地颤抖，极不情愿地匆匆签下自己的名字。忽然间，我鼻子一酸，晶莹的泪花不争气地滑落，因为，我知道这意味着什么。

多年以前，我与许多同龄的小伙伴一样，怀着对校园生活的无限憧憬，兴奋而好奇地踏进学校大门，从此拉开了校园生活的序幕。于是，"大学梦"便成为贯穿我整个求学阶段的最高理想。可是，由于种种原因，我被迫与"求学岁月"这一青春代名词作了无可奈何的告别。说到底，都是天意弄人，命运的捉弄使我不得不重新审视自己的人生。我想，既然前面这条路确实不适合我，那我何不让理想拐个弯，另辟一条新路出来呢？

于是，我开始发掘自己的特长——写作和书法，尝试在这两个方面下功夫，最终，我正确的选择和不懈的努力得到了上天的垂青。不可否认，另辟蹊径给我带来了巨大的成就感，在不到一年的时间里，我接连获得了两个全国书法大奖。这令我倍受鼓舞。那时，我深深地体会到了"天无绝人之路"的含义。当你找到一条合适的道路时，你会感觉到一切都是那么的惬意，那么的畅通无阻，有如给自己穿上一双合脚的鞋子那样舒适。这印证了"命运给你关上一扇门之后，又会为你打开一扇窗"这句名言的正确性。

我的偶像韩寒也是如此。他在求学道路被斩断后，充分发挥自己的长处——写作和赛车。在经过超乎常人的努力后，终于在这两个方面取得了令人惊羡的成功。这不也是印证了"条条大道通罗马"这一名言的正确性吗？

当我想到这一层时，原本痛苦万分的心灵便彻底释然了。

其实，人生中的许多失败，不是因为我们努力不够，而是因为没有找到适合自己的那条路。当一条路走到尽头，没有发现心仪的风景，不妨拐个弯儿，走上另一个路口，或许能激发内心的潜能，找到一条适合自己的路，直至攀上辉煌的顶峰。

在明白了这些哲理之后，我终于可以迎着阳光前进，把阴影甩在身后了。我恍然大悟——挫折是成长的阵痛；"山重水复疑无路，柳暗花明又一村"无疑是一种智慧。

这样想来，我是多么的不幸，又是多么的幸运！

我就这样写着写着，天色已暗。我搁下笔，戴上耳机，任由熟悉的旋律在耳边急促地响起：命运就算颠沛流离，命运就算曲折离奇，别流泪心酸，更不应舍弃……

古人云：骏马能历险，犁田不如牛；坚车能载重，渡河不如舟。人若想要成功，首先要有自知之明——知道自己有什么天赋特长。然后，选准奋斗目标，不懈努力，就将会一路高歌一路笑，喜事连连！

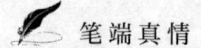

那句歌词

夕阳欲颓，秋风萧瑟。我走在回家的路上，看见绿化带上的花儿耷拉着脑袋，街上的行人寥寥无几。

"多少次，迎着冷眼与嘲笑，从没有放弃过心中的理想。"此刻，我的手机里忽然响起那句灵魂歌者黄家驹的旷世绝唱。猛然间，精神为之一振，灵魂仿佛插上了翅膀欲翱翔天宇。

这是香港乐坛经典流行歌《海阔天空》的点睛之笔。它是乐坛传奇黄家驹在落魄时最振聋发聩的灵魂独白。这铿锵有力的歌声激荡在历史长河中，穿梭在悠悠岁月里，历久弥新，成为照亮一代又一代追梦人灵魂的火炬。它在我心中刻下了岁月的年轮，是我成长的见证。从少不更事到如今的风华正茂，它伴随我经历了无数次风吹雨打和数不清的跌跌撞撞。在岁月的冰刀雪剑中，它始终植根于我灵魂的深处，燃起一把熊熊的烈火，让我在游走于黑暗的角落里和徘徊于阴冷的荒漠中时，心中仍觉暖洋洋、亮堂堂。

这句撼人心魄的歌词让我在面对世人的一双双冷眼和一声声嘲笑时仍脊梁坚挺、矢志不移地追逐自己的理想，最终活成了自己想要的模样。

我在一所普通中学上初中。考上重点中学一直是我魂牵梦萦的理想。在上初一至初二时，我每次考试都在班上独占鳌头，在年级排名榜上也从未跌出过前三名。家里的墙上贴满了我的奖状，学校的名人榜上常常有我的简介，同学们也时常向我讨教。在那意气风发的青葱岁月里，各种荣誉纷至沓来，填满了我的虚荣心。一时风光无限的我走起路来都脚底生风。

顺风顺水的学习经历使我形成了这样的信念：凡是我想要的东西都逃不出我的十指关！我想象着在收到重点中学的录取通知书时别人钦羡的目光、赞许的言语、热烈的掌声……我甚至认为在一切光环加身之后，各种各样的赞美就会顺理成章地、潮水般地向我涌来。殊不知，沉湎于白日梦的我被现实狠狠地扇了一记耳光！

初三时我的数学成绩一落千丈。这块短板使我遭受了前所未遇的恶性循环——班级排名直接掉出前十，年级排名更是屡创新低，在名人榜上的简介也被撤了下去。我不再是老师和同学口中的学霸，不再是好友眼中的学习榜样，不再是那个"别人家的孩子"。一时间，我从神坛堕进深渊，成了一些不怀好意的人的笑柄。更要命的是，连亲人也开始质疑我"初时了了，大未必佳"了。这天壤之别的反差让习惯了受人尊敬有加的我如何能承受？陡然间，我感觉世界轰然崩塌，自己亲手为前途点亮的灯光悉数熄灭，眼前是无边无际的黑暗，远处荒漠里飞卷咆哮的尘沙仿佛劈头盖脸地向我袭来，我竟找不到一角躲闪之地……我曾带着仅存的一丝孤傲与悲壮在长夜里痛哭，却无人怜惜；在旷野里呐喊，却无人理睬；向湖心接二连三地掷下石块，发泄心中的愤懑，却徒见涟漪一圈圈荡漾，最后默然消失，空留一池沉寂。

在那段灰暗的日子里，我收获的鼓励甚少，反而受了某人嚣张的嘲讽："哎哟哟，瞧你这失魂落魄的模样！你从前风光无限的样子哪儿去啦？哈哈，看来你的好运气用光啦！""你若有能耐考上重点中学，我就把名字倒着写！"虽然我怒不可遏，当即回怼，可内心却明白——只有实力强才是硬道理！

看着那人趾高气扬远去的身影，那句振奋人心、燃烧灵魂的歌词在我脑海里冲腾而起："多少次，迎着冷眼与嘲笑，从没有放弃过心中的理想！"我的理想之火瞬间被再次点燃，心中升腾起一股誓要翻天覆地的力量。霎时间，考取重点中学的信念无比坚定，"等着吧，我一定要考上重点中学，让你把名字倒着写！"我仰望苍天，发下重誓。

于是，我夜以继日地恶补数学。当下课铃响起时，我就拿着在上数学课时听不懂的知识点和来不及消化的难题追着老师寻根问底，生怕被别人抢去了提问的机会。在做数学练习册时我一旦遇上百思不得其解的难题就马上请教曾经同为学霸的好友。虽然我心中感慨万千，但为了尽快解题，即便被他们调侃为"掉队学霸"也淡然一笑，说句"此一时，彼一时嘛"，装作毫不在乎的样子；晚自习下课后，当同学们在宿舍里高谈阔论时，我还在教室里分析错题，复习笔记……

在那一个个孑然一身、披星戴月地为理想而战的夜晚，我总要戴上耳机在被窝里听着那句循环播放的歌词："多少次，迎着冷眼与嘲笑，从没有放弃过心中的理想！"我在对理想的无限憧憬中安然与周公约会，醒来时，又一如既往地满血复活去投身新一天的战斗！

历经一番彻骨寒，终得梅花扑鼻香！经过整整一年艰苦卓绝的付出，我终究突破了数学的瓶颈，得偿所愿地以超出预期的高分（数学成绩名列年级单科第一）考上了重点中学。我终于扬眉吐气地赢回了曾经的荣耀，实现了初中阶段的理想！后来，那个对我冷嘲热讽的人特地赶来向我郑重道歉。

当我手捧录取通知书到重点中学报到的那一刻，脑海里霍然回荡起那句照亮前程的歌词："多少次，迎着冷眼与嘲笑，从没有放弃过心中的理想！"千回百转的情感在歌声中肆意激荡。我欲拥抱天地，亲吻山河！

我在相当长的一段时间里都对金庸的武侠小说爱不释手，久而久之，在我热血沸腾的心中筑起了一个武侠梦。于是，我迫不及待地想练就一身好武艺。那个时期，成为一位优秀的武术表演者是我梦寐以求的理想。在一个偶然的机会下，我拜访了一位武林前辈，向他表达了拜师习武的意愿。前辈将我从头到脚反复打量了几遍，摇摇头说："你一副细皮嫩肉、文质彬彬的模样，做个舞文弄墨的书生倒还差不多！想习武，我断定你吃不了那般苦！"听他如此不屑的口气，我不假思索地亢声而辩："前辈，我虽长得细皮嫩肉，但皮囊里却全是钢筋铁骨呢！"恰逢这时，我的手机铃声响了，仍是那一句熟悉的高亢激昂的歌词："多少次，迎着冷眼与嘲笑，从没有放弃过心中的理想！"黄家驹铿锵有力的唱腔鼓荡起我的心旌，我永不服输的双眸激射出凛凛的威光。刹那间，激奋张扬的思绪在翻江倒海地汹涌澎湃！我俨然成了一条金光闪闪的苍龙，上天入地，呼风唤雨；又恰似一头威风凛凛的麒麟，仰天咆哮，震慑万兽；更犹如一只振翅高飞的大鹏，搏击长空，睥睨山河！我把千头万绪凝成一句壮语豪言："前辈，若习武失败，我就把陈字倒着写！"前辈沉吟了一下，忽地朗声说："那好吧，不过世上可没后悔药哦！"拜师成功的我欣喜若狂！

我学的是武术套路。由于原先没有一丁点的武术底子，因而我习武的过程举步维艰。一个在师父眼中属于小儿科的动作在我看来却难若登天。我观看他示范了数十遍，自己比画了数百遍仍不得要领。那些稍难一些的动作更是急得我干瞪眼，把地板跺得咚咚响也难以模仿，更别提那些高难度的动作了！一时间，我倒吸一口凉气，形似枯槁，心如死灰，此时，那句救星似的歌词适时地萦绕于脑海间："多少次，迎着冷眼与嘲笑，从没有放弃过心中的理想！"

"哼，对于一个男子汉来说，这点困难算什么！"我重振雄风，十分不服地想。

我屏息凝神，一遍又一遍地默念着拜师之初的理想。顿时，一腔热血由心中长啸而出，化作了必胜的信念！于是，我尽可能详尽地回忆起师父口授的要领，包括出拳起脚的时机和速度、动作的幅度、节奏以及运气发力的方法等，随后就反复练习，通常一个动作要练上数千遍，稍有不规范就强迫自己不能休息。回家后，我更是废寝忘食地练得天昏地暗，日月无光！

有志者，事竟成；苦心人，天不负！在经过持之以恒的努力后，最终，我把整套动作演绎得行云流水，赏心悦目。

后来，我参加了武术比赛并成功跻身三甲。在领奖台上，我享受着全场观众如雷贯耳般的掌声。我终于实现了习武之初的理想，成了一位优秀的武术表演者！在接过奖牌的一瞬间，那句催人奋进的歌词铿锵有力地在我心中响起："多少次，迎着冷眼与嘲笑，从没有放弃过心中的理想！"一时间，我竟欲语无言，唯有两行热泪簌簌滑落。

近年来，我重拾儿时的理想，渴望成为一名作家。我自幼酷爱文学，在长年累月的阅读中积累了一定的知识底蕴。虽然我在闲暇时总爱涂鸦几篇文章，有幸获得了一些人的赞许，但充其量只是文学创作者，"作家"于我而言仍是那座似乎无法逾越的珠穆朗玛峰。然而，成为作家是我心心念念的理想，怎能轻易放弃？在我勇往直前地追梦的路上，有人嘲笑我：“你一个半路出家的人，想成为作家简直是天方夜谭！”这戏谑之言犹如晴天霹雳般给我当头一棒！猛然间，那句激荡人心的歌词再度震颤心灵：“多少次，迎着冷眼与嘲笑，从没有放弃过心中的理想！”顿时，激情在恣肆地澎湃，热血在淋漓地偾张！心海里卷起万丈怒涛。它们在翻涌，在咆哮，在震荡！恍然间，滔天巨浪如风卷残云般扫荡寰宇，令天地为之颤抖！

我把那揶揄之言化为前行的动力——每天海量阅读书籍报刊，把一切能为我所用的好词佳句摘抄到笔记本上，稍有闲暇便死记狂背。累了困了，我便用牙签扎自己一下，以便重振精神背下去，同时，我把文学创作工具书的写作技巧仔仔细细研究了一通，把其中的常规写作技巧熟记于心。

在一个个鸦雀无声的夤夜，我在那句总能给我力量的歌词“多少次，迎着冷眼与嘲笑，从没有放弃过心中的理想”的激励下，不知疲倦地爬格子，写了又改，改了又写，写废的稿纸堆积如山。终于，天道酬勤——我的习作在一本又一本的杂志上发表。儿时成为作家的理想终究没有落空！每次拿到样刊的那一刻，我都心怀感激之情，感激那一句为我驱散寒冬、温暖理想的歌词：“多少次，迎着冷眼与嘲笑，从没有放弃过心中的理想！”

在有生之年里，我定会铭记那句歌词：“多少次，迎着冷眼与嘲笑，从没有放弃过心中的理想！”只要有它相伴，我的理想之路便永远光明敞亮！

夕阳下，秋风中，乐韵悠扬。那句励志的歌词一直在我心中闪闪发亮！

歌声伴人行，祥光来眼底，佳境到身前！

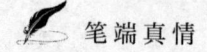

难忘那一刻

　　这是一个众人瞩目的舞台。

　　一曲气壮山河的《中国人》拉开了表演的序幕。一位武术表演者在宽敞的舞台上辗转腾挪。他先是一个怀滚虎爪——四平马贴地一铲，同时左手娴熟地一扣，右手虎爪如饿虎擒羊般顺势推出，双目怒睁，直盯前方，有如饿虎扑食；再来一个转身担纲左顶——四平马拔地起跳，有如泰山压顶般用尽全力往舞台上一锄，震得舞台"嘭"的一声轰然欲裂，同时右手45度角往身前一铲，左手一个日字拳霍地如飞箭般直线击出；接着是一个乌龙摆尾——脚踏麒麟步，双手成剪刀状，随后一掌拍向虚拟对手的要害，另一掌拍向其面门，双臂倾斜，连接成一条直线……

　　台下观众情不自禁地爆发出雷鸣般的掌声。喝彩声此起彼伏，经久不息。

　　这位表演者就是我！在表演结束的那一刻，我成了全场的焦点，成了光芒四射的太阳！

　　离开舞台后，往日奋斗的情景一幕幕地在我的脑海里重现。在汹涌的人潮中，我想起《光辉岁月》里的一句歌词：梦想需要多久的时间，多少血和泪，才能慢慢实现。

　　的确，所有的光辉岁月，都需要时间的打磨和血泪的浇灌，才能灿烂夺目，不是吗？

离表演当天仅剩一个月时，一条信息忽然推送而至——一个月后有个表演，把表演套路练好，到时特批你。那是领导发给我的通知。顿时，一股喜悦感轰然而至，又骤然消失，紧接着一种不祥之感立马闪现在我的脑海中——我不在正选之列！

落寞中，我移步至窗前。窗外的天空，黑云压城城欲摧，雷神电母齐发威！过了不到一炷香的时间，滂沱大雨便裂天而下，鞭抽大地！天地仿佛要分裂重构。整个世界迷乱在狂风骤雨中！

我的天空似乎要塌下来了，由心而生的寒意席卷全身。这套不算复杂的动作不知熔铸了我多少心血啊！在雪融草青的春日里，我的身影不缺席；在白昼如焚的夏日里，我的身影不缺席；在万物萧瑟的秋日里，我的身影不缺席；在朔风凛冽的冬日里，我的身影不缺席。手皮破了，我简单包扎一下继续练；倦意来了，我草草打个盹儿继续练；肚子饿了，我随便扒个盒饭继续练。

荧屏上那些教科书式的表演套路，我常常看了又看，想了又想，仿了又仿。我投入的程度虽未到达废寝忘食的境界，却也到了如痴如醉、乐此不疲的地步。毫不夸张地说，只要沉醉于武术的世界里，红尘间的喜悲忧乐和灯红酒绿便再也与我无关。

我常常做着白日梦。梦中的我穿着金光闪闪的表演服，在舞台上泰然自若、虎虎生威地表演武术套路，整个过程如行云流水般顺畅。在收桩敬礼的那一刻，全场掌声如雷，好评如潮！

如今，机会近在咫尺，我怎可让煮熟的鸭子飞走？

只要还有一丝希望，我就要倾注百分之百的努力！那时，正值隆冬，我全身上下裹得像粽子似的，仍冻得瑟瑟发抖。我昼夜不停地把自己关在阴暗冰冷、只有几平方米的小房间里机械地练习。一个最基础的指部动作，我前前后后练了上千遍，仍觉得与标准相距甚远。于是，我一次次推倒重来。在千锤百炼中，我的动作虽不能与教科书上的示范图相提并论，却也日趋完美，但是，每每看到那些同龄表演者的完美表现，一种相形见绌的自卑感便瞬间袭来，凉透全身。无可否认，在那些苦苦坚持的日子里，一股股低气压时常会袭上心头，一度让我想举手投降，但知难而退不是我的个性，迎难而上才是我的特质！我紧咬牙关，一次又一次地与负能量拔河，你来我往，此消彼长，双方拼个你死我活，直斗得天昏地暗、日月无光。最后，结果幸甚至哉——不是我的倔强缴械投降，而是束缚我多时的负能量跪地求饶！是啊，负能量害我不浅，它早该举旗投降了！

我终于从负面情绪的漩涡里挣脱出来，多亏那股不屈不挠的倔强劲儿让负能量苦心经营的防线彻底土崩瓦解。在那段天寒地冻的日子里，我几乎每时每刻都像机械人般不知疲倦地挥动着几近麻木的拳脚，纠正每一处哪怕是不易察觉的细节错误。我挥汗如雨地狂练不止，汗水的味道总让我对未来充满期待。

"时钟里的计时针啊，你能转快一些吗?"我常常在心里念叨。我也总是在强压着忐忑不安的心绪，默默地安慰自己："快了，快了！这一天快到了！我定能获得表演资格的！"

光阴就在每天的勤学苦练中悄无声息地流逝。在表演前一天的上午，领导带着几个有关人员亲自来检验我的训练成果。我发挥自如，最终毫无争议地收获了在场人员的掌声和赞美。回到家后，我心急如焚，不停地看手表，期待结果尽快出炉。当晚，手机"叮咚"一声，我的心瞬间狂跳不止。"你成功获得表演资格"几个黑体字闪耀着胜利的光芒，惊喜如期而至。瞬间，我乐得又蹦又跳，一次又一次地振臂庆祝，情绪亢奋到极点时竟情不自禁地喜极而泣。"功夫不负有心人啊"，我由衷地感慨，随即长舒一口气。

"自助者，天助也；一分耕耘，一分收获；风雨过后，必见彩虹……"其实，这些名言都不是纸上谈兵，而是颠扑不破的真理！那一刻，我终于对这些在孩提时代就耳熟能详的"大道理"大彻大悟！

绿叶终于变成了红花！尽管我的表演时间只有短短几分钟，却还是成功地把最高光的场面定格在观众的脑海中，博得掌声阵阵、喝彩连连！

在表演成功的当晚，我心潮难平，一把抓起手机热血澎湃地发了一条朋友圈——在那刻，我就是太阳！

万里春光先报暖，一天秋月更增辉！

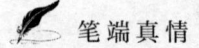

趣话"网虫"

"咦，今天这个明星又出轨了！"

有人发出一声好奇的惊叹后便急不可待地一个劲儿地滑动手机屏幕，双眼圆睁，目运神光，荷尔蒙激增。不过，他们不是发怒，而是发现了新大陆——娱乐新闻！手机屏幕于他们而言犹如魔力巨大的磁石，其中的每个字，甚至每个标点对于他们来说都如同珍珠翡翠般宝贵，必须死死揪住，唯恐漏掉。

这是生活中司空见惯的情景。

如果你是一位摄影师，我想你一定不会空手而归。在大街上、公园里、酒楼中，这样的镜头一抓一大把。

不仅是娱乐新闻，还有五花八门的各种奇闻趣谈，新鲜刺激的游戏，数冬瓜道茄子的肥皂剧，甚至令人想入非非的淫秽音像等，每时每刻、每分每秒都应运而生，无孔不入，以迅雷不及掩耳之势席卷而至，通过一方窄小的屏幕，迅速俘获无数男女老少的好奇心。如今是电子工业和信息技术高度发达的时代，也是资讯的时代。只要你有一部手机，便能秀才不出门，尽知天下事。你甚至都不用主动去搜索，各种博人眼球的奇闻杂谈便会源源不断地推送而至，令你陷入幸福的烦恼——该看哪一则资讯为好？

在大街小巷，在四邻八乡，在城镇农村，在市区郊外，只有一种虫的数量最为庞大——网虫！自从进入 21 世纪，网络升级换代的速度之快远远超出我们的想象。曾经的拨号上网、宽带上网等上网方式已是老古董了，曾经风靡一时的时尚手机加 2G 网络的最佳拍档也已成明日黄花。从 2G 到 5G，在我们还来不及反应之际，一场场移动互联网的革命风暴已席卷全球，随之衍生的智能手机悄然进入我们的生活中，其以操作便捷、功能齐全、网速奇快、价格适中等优点迅速成为大家的掌中宝，成为大众最受欢迎的休闲娱乐工具。在生活中，只要你不是糠菜半年粮的贫困户，基本上是人手一部智能手机——一个个砖块状的小家伙。这个小家伙可厉害了，只要主人划一划手指，点一点屏幕，便能把全球的资讯看个遍，而这海量资讯的提供者便是移动互联网。于是，网虫的群体呈爆炸式增长，曾经兴旺一时的网吧产业都成了落伍产业，无数网吧老板望"机"兴叹："既生电脑，何生手机?"举目四望，商场中、医院里、市场内，甚至厕所内，低头族、手机侠比比皆是，他们借助移动互联网聊微信，刷微博，玩抖音，打游戏，刷大片……人们对他们冠以蔑称"网虫"。在当今的信息数据时代中，几乎家家户户都有网虫，而大网虫又生小网虫，长此以往，网虫将挤爆地球。

曾几何时，我们都多多少少为这样一道风景线驻足良久、恋恋不舍——在人声鼎沸、熙熙攘攘的公交车上，一位青年一只手捧起一本杂志如入无人之境而津津有味地阅读，另一只手拿起一支笔对书中的疑难处或精华处做批注，看得忘情时还会不时叽叽咕咕地小声朗读或摇头晃脑地吟哦，神情举止简直是如痴如醉，如饮玉液琼浆般享受。这种对知识的渴求、对学问尊崇的神圣态度令我这个不折不扣的文艺青年佩服得五体投地。如今，这一群体只存在于我们的记忆里。书虫消失了，网虫遍街都是，这究竟是时代的进步，还

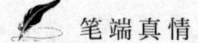

是时代的悲哀？

不可否认，手机屏幕上精彩纷呈的内容的确给普罗大众带来一时的快感，令人们在工作疲惫之时，或学业沉重之时，或生活不快之时，或命运颠簸之时，或情场失意之时，或宦海折戟之时暂时忘掉精神的伤痛。在心灵受伤时，人们心无旁骛地畅游资讯大海，在不知不觉间，尘世间一切苦痛似乎已然超脱。在不经意间，灵魂已摆渡至快乐的港湾。在劳累时，看一场球赛，倦意全无；在困倦时，看一段抖音，精神倍增；在烦躁时，玩一局游戏，神清气爽。俗话说：手上夹支烟，生活赛神仙。手机与网络强强联手，二位一体构成了使人们趋之若鹜、流连忘返的虚拟世界。这就是现代人的天上宫阙；这就是现代人的蓬莱仙境！在这里，凡所应有，无所不有。让香烟做鬼去吧！香烟给不了我们这么多精神愉悦！这里才是快乐老家！虚拟世界是供现代人的心灵小憩的驿站。驻足此间，你可以暂时忘记人间的烦恼，去享受片刻的愉悦。

然而，虚拟世界是一把双刃剑。虚拟世界在带给我们全方位欢愉的同时，也给我们带来极大的伤害。

首先是身体上的伤害，众所周知，倘若长期盯着屏幕，容易产生视疲劳从而诱发近视。这或许就是当今举目皆是"眼镜侠"的原因吧！这只是其一，此外，我们都看过这样的新闻——"低头族"因过度手机上网而患颈椎病！这够骇人听闻了吧？还有更令人谈之色变的新闻——某少年因通宵上网而猝死……

别以为这些令人痛心的事例仅仅是出自记者的笔杆子里，其实只要我们留心，就会发现在我们身边诸如此类的例子比比皆是。可以说，糖衣炮弹既远在天边，又近在眼前。

其次是精神上的伤害。毋庸置疑，虚拟世界是个资讯宝库，也正因为它是宝库——物尽其有且价廉物美，才生其弊。过于海量的信息容易分散我们的注意力。网上吸睛的内容极具诱惑性，诱使一些意志薄弱者沉迷其中不能自拔。于是，生活中又出现了这样的现象：一些上班族因沉迷其中而工作分心，甚至消极怠工；一些学生因沉迷其中而成绩下降，甚至荒废学业；一些父母因沉迷其中而引发亲子矛盾，甚至感情破裂……更有甚者，一些三观不正的人时常因浏览黄色资讯或参与网络赌博而弄得倾家荡产，妻离子散，家破人亡。

在生活中，网虫们囧态频现——

一位长发飘飘的妙龄女郎在大街上边玩手机边走路，忽然"嘭"地撞在电线杆上，引得路人齐刷刷地朝她行"注目礼"。

一位衣冠楚楚、文质彬彬、戴着一副金丝眼镜的男青年正在公交车上专心致志地玩手机。忽然，司机大喊一声："小伙子，都什么时候了，还不下车！"男青年这才如梦初醒，举目四望却空无一人，只见司机正冲着自己嘻嘻发笑呢。"糟了，终点站到了，过站啦！过站啦！"男青年傻愣愣地大叫。

在一个风景秀丽的公园里，一位学生模样的少年一边旁若无人地玩手机，一边向人工湖走去。突然，"哎呀"一声惨叫穿云裂石——他已成落水鸡，在湖中拼命挣扎时还不忘把手机高高举起，大叫："刚进一球，还差一球就冠军了，手机千万别入水啊！"

如此闹剧在令人啼笑皆非的同时又发人深省。

手机与网络真的难辞其咎吗？非也！

手机与网络是时代进步的产物，是科技发达的印记，是文明发展的标志。手机研发者和网络开发者的初衷都是为了让人们的生活更加便捷，都是为了让人们更好地享受这个精彩的世界，也就是说，手机与网络倘若能被正确使用，就完全可以造福人类，也本应该造福人类。

然而，每个人的命运就像一只被自己紧拽在手里的风筝一样。它何去何从也只能完全由其本人掌控。手机与网络也是如此。它们只是一种信息载体，本就没有利弊之分。你要看什么内容，你要用它们干什么，你要怎样用，完全取决于你自己。你的动机是好的，它们就造福你；你的动机是坏的，它们就伤害你。

为了让我们的生活更美好，不妨让手机与网络暂时远离我们一会儿吧！亲爱的网虫们，请你们为每天的上网时间设个上限，请把那些无聊无用且浪费时间的游戏卸载吧！我们不妨这样调节自己的生活——倘若看书累了，就去公园散散心，或是到郊外呼吸一下新鲜空气；倘若工作累了，就躺在柔软舒适的沙发上小憩一会儿；倘若心情烦躁了，就约三五知己到酒楼食肆高谈阔论一通，大快朵颐一顿……这样看似复古的生活方式多有情调啊！当我们闲得发慌时，与其漫无目的地刷微博，玩抖音，不如捧一卷书，沏一壶茶，在一个美丽的黄昏，于一个亭子下惬意地阅读，含英咀华，追忆圣贤。这才叫浪漫！能不用手机就尽量不用手机，能离开网络就尽量离开网络，让生活返璞归真。这才是健康的生活方式。

先哲有言：万物各得其和以生，各得其养以成。

利，手机与网络也；弊，手机与网络也。一切的事物都是既有利又有弊，趋利避弊方为可取之道。

月是故乡圆

中秋节这天，我忙里偷闲，驾着自己奋斗多年买来的小车从特区回到了阔别多年的故乡，与家中的父母兄弟团聚，共享人月两团圆的欢乐。

金黄色的稻田、肥腴的田螺、硕大的柚子……故乡的秋色，一景一物都记录着我孩提时代的童真趣事，让我至今难以忘怀。我很想重温孩童时代的故乡秋色，然而，事与愿违。当我回到家时已是黄昏时分，我刚进家门还来不及寒暄就吃上父母为我准备多时的团圆饭。在这个中秋节，我虽未能重温童年时代的故乡秋色，但却品味到故乡的另一番秋韵。

吃罢晚饭后，正当一家人坐在门前的院子里共享天伦之乐时，弟弟的女儿——五岁的小华嚷着要坐我的车外出。没办法，我顾不得一天的旅途劳累，由在市城建规划局工作的弟弟陪同，满足我这小侄女的要求。

车在国道上徐徐地行驶着。在平直的公路两旁，高大的棕榈树摇曳多姿，绿化带的花随着迎面而来的秋风散发着阵阵幽香，令人心旷神怡。

"大伯，快停车，我要看城雕外景。"循着小侄女的叫声，我把车停在了路旁，和弟弟拉着她的手来到了城雕旁。

故乡的城雕叫"双龙戏珠"——两条冲天而起的银龙宛似在喷泉迭起的水中游弋那样栩栩如生；银色龙头顶着的那颗明珠，在变幻的彩色灯光的映照下熠熠生辉。大家都说我们是龙的传人，而故乡又素有"龙城"之称。城雕"双龙戏珠"的寓意正是故乡人民负重奋进、团结拼搏，取得社会主义物质文明和精神文明双丰收的生动写照。

正当我们陶醉于城雕夜景时，远处的激光灯射来了一道道光柱。我循光远眺，只见一幢拔地而起的大厦灯火璀璨。据弟弟介绍，这幢大厦叫"国际大酒店"，楼高二十三层，是故乡的标志性建筑之一。该建筑始建于 20 世纪 90 年代初，由于资金紧缺曾一度被搁置。自党的十八大胜利召开以来，在新一届市委班子的正确领导下，经过多方的努力筹集了几千万元重新装修，于数年前建成并投入营业，是集旅游、购物、住宿和娱乐于一体的多功能综合性五星级酒店。

"哇，彩虹，彩虹，好多彩虹呀！"车子刚要驶入城区，坐在前面的小侄女就兴奋地叫起来。

"傻女，晚上有什么彩虹？这是灯饰。"弟弟笑着说。

彩虹似的灯饰五光十色，闪烁变幻，与古色古香的路灯交相辉映。一座、两座、三座……这些用不锈钢架起的横跨街道两旁的灯饰次第闪耀。置身其中，仿佛进入人间天堂。我沉浸在色彩斑斓的欢乐中难以自拔。"是的，变了，变了，一切都变了。"我自言自语地说。

这几年间，故乡城区的建设不但进度快，而且在统一规划、合理布局上做文章，建起了档次较高、与现代化城市建设要求相一致的标志性建筑和民心工程。

市城建规划局规划了行政一条街，市级的各种行政机构将以全新的面貌出现在人们眼前。较早建成的供电大厦、邮电大厦、工商大楼和建行大楼坐落于几条城区主干道的交汇处，鼎足而立，富有大都市气息；武装部、税务局、畜牧水产局、劳动局、公安局、检察院和法院等一批陆续建成的办事机构也已投入使用。行政街的建成不仅使人们办事方便，还让城区的布局更富有现代化气息。

对于文化娱乐场所的建设，市政府统一规划，拆除了一批旧建筑，建成了市政广场和江滨公园这样的大型公共休闲娱乐场所，城市新地标"人民公园"也在加紧施工建设中，它们为市民的文化娱乐活动提供了充裕的地方。为解决读书难的问题，政府又新建起泷州小学、培献中学和罗定市职业技术学院新校区等学校。

此外，随着人民群众生活水平的提高，许多居民以不同形式建起了新房，同时，许多著名房地产开发商纷纷进驻。其中，地产巨头"碧桂园"这几年在市中心接连建起了一幢幢直插云天的高端商住楼。这些引领时尚的建筑把现代化的居住理念展示给人民，其规划设计、建筑布局和室内布置均融入了唐宋四大堪舆名家经典学说之精髓以及西欧现代化高端住宅的设计精华，既有地方传统特色，又具欧陆风格，为中西合璧之现代建筑，是人们安居乐业的理想华庭。

车子自南向北穿过了城区。经弟弟提议，我们把车停在市一桥边。在这里，又是另一番景色——沿江河堤满是夜宵大排档，摩托车与小汽车排得长长的；食客们这边一堆，那边一群，正大快朵颐；红男绿女在谈笑风生，享受着一天工作劳累后的欢乐。

在不知不觉间，已经晚上十点多了。圆圆的中秋月渐上中天，皎洁的月光洒在江面上。我抱起小侄女，倚着栏杆，看着江中的月

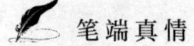

影，品味着阔别多年的故乡秋色，情不自禁地慨叹："变，变化，一切都在变化！"我为故乡的变化而感到自豪！月还是故乡的圆……

"咚"，小侄女拿起脚边的小石掷到江里，水面泛起的涟漪微微荡漾，月影渐渐模糊……我凝望着渐趋平静的江面入神地想：如今，神州大地正处处迎接即将召开的党的二十大。今年、明年、后年……故乡的秋色定会越变越美！这正是：人逢喜事精神爽，月到中秋分外圆！

书的命运

这是一家老字号书店。

陈旧的书架承载着历史的重量，一本本或厚或薄的书孤独无助地陈列其中。夕阳西下，余晖洒在书上，书页显得苍白而刺眼。在残阳的映照下，书页上灰尘的脉络愈显清晰——营业员冷落了它们。

这是当今书店的常态。人们忙于追名逐利，已无暇顾及自身的文化修养。"经书虽满腹，不如一囊钱"成为很多人为人处世的信条。如今，这个世界到处都充斥着权杖与铜臭，哪里还有书香的容身之处呢？

曾经，来自五湖四海的人们常常光顾这里，熙熙攘攘之场景比起菜市场来有过之而无不及。有跷起二郎腿闲读的，有坐在台阶上聚精会神地畅游书海的，有在亲子交流中尽享阅读乐趣的……每次离开时，人们总会心满意足地购买三五本好书。

书的命运真的要被这个时代彻底改写了吗？书真的失去其价值了吗？人们难道真的要等到书销声匿迹后才知道其珍贵吗？

高尔基说：书籍是人类进步的阶梯。的确，书是人类智慧的结晶。一代又一代的人用文字把智慧的精华记录在书上，让这个世界永远闪耀着文明之光。通过读书，你尽可以吸收别人的经验，从而去指导自己生活的方方面面。司马迁著的《史记》一书把前朝乃至当朝（汉朝武帝时期）历史人物的功过得失呈现在世人面前并流传至后世。平民读之，可观照自我；权贵读之，可明察得失；君王读之，可趋治避乱。在书海里泛舟，你的心态会更加平和，你的思想会更加理性，你的灵魂会更加纯净。书读多了，你与别人交谈时便能口吐莲花，妙语连珠。古人说：读书破万卷，下笔如有神。不可否认，要想妙笔生花，非博览群书不可。古语又云：书中自有颜如玉，书中自有黄金屋。在攀登书山、饱览沿途的风景时，你的空虚感会荡然无存，你的苦闷感会烟消云散，你的压力感会无影无踪，你的恐惧感会逃之夭夭，你的精神世界会如畅饮甘泉般享受，你的灵魂会在天地间展翅高飞。你会发现，这世间是多么的美好！很多"书痴"捧起书本一读就是好几个小时，废寝忘食于他们来说是再正常不过的事。也许，这就是书的魅力吧！书是催人奋进的号角，书是启人心智的钥匙，书是滋润心灵的养分。历数中外古今，与书结缘而拥有辉煌人生的成功者比比皆是。从古至今，很多志士仁人都热衷于与书热恋并留下了一段段爱书成癖的佳话，传诵至今。

从战国时开始就有苏秦刺股的佳话。苏秦在年轻时常常挑灯夜战，每当困意浓时，他就用锥子猛扎屁股。强烈的疼痛感燃烧着他旺盛的斗志。他揉着惺忪的睡眼一页复一页、一锥又一锥地读着书籍，书写着生命的华章，寒窗数载，终于"春风得意马蹄疾"——熬成了六国丞相。

汉朝的匡衡小时候因家贫而买不起书，于是他便在晚上凿壁偷光，抄完了很多借来的书，乐此不疲地阅读。兔走乌飞，光阴流转。在知识的浸润下，他逐渐洞明世事，体悟人生。在岁月的洗礼中，他与书成了知己——当他痛苦时，书给他慰藉；当他落寞时，书给他欢愉；当他浮躁时，书给他理性。是的，他把韶华都献给了书。最终，书也给予了他丰厚的回馈——官至"代理丞相"，位极人臣。

一代伟人毛泽东一生都与书有缘。他的床头屋角尽是书。即使要日理万机，也要抽暇读书。在他眼中，读书比吃饭更重要，比沐浴更清爽，比恋爱更浪漫。在他读过的书中，纸张没有不泛黄的，书角没有不残破的，行间没有不批注的。一本《资治通鉴》竟被他前前后后读了20多遍。他在众多场合常常引经据典，出口成章，凭借幽默睿智的谈吐倾倒众人，可谓是"腹有诗书气自华"。书中的真理把他打造成了一位具有雄才伟略的大国领袖！

近年来，"手机族"遍布大街小巷。四邻八乡几乎寻不到书的踪迹。"书痴"俨然成了"国宝"。手机几乎就是当代人们日常生活的全部。只要一机在手，便可集工作、学习、娱乐于一身，凡所应有，无所不有。电子书替代了传统纸质读物。你想读小说，点击屏幕；你想看新闻，点击屏幕；你想查资讯，点击屏幕……人们普遍认为，手机如此便捷，他们哪还用劳心费神去阅读那些又重又厚的纸质书呢？况且，手机阅读的性价比更高！

然而，手机阅读充其量只是"浅阅读"，或称"碎片化阅读"，屏幕上的信息通常不能给读者留下深刻的印象。况且，手机上的资讯不仅鱼龙混杂，很多内容没有经过严格的筛选，其中充斥着不少的负能量，而且长时间使用手机也无益于人们的身体健康。但纸质书通常都经过严格审查，审查者取其精华，去其糟粕，留下的是文明的结晶、智慧的浓缩，因而读者摄入的是养分。

阅读纸质书的的确确是一种惬意而奢侈的享受！在一个霞光万道的黄昏，你手捧一卷书于公园的湖心亭慢咽细嚼，让智慧的圣水

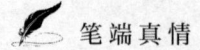

给灵魂洗个澡，是多么畅快啊！

　　黉夜，我在书香的陪伴下安然入梦。在不知不觉间，我来到了另一个世界。这里山清水秀，恬静优雅；这里长亭伴古道相依，小桥与流水相衬，鸟语共花香相和；这里人们都穿着秀才服，聚精会神地埋头苦读；这里见不到手机的踪迹，一个个都手不释卷。他们时而掩卷长叹，时而随手批注，时而低声吟哦……

　　忽然，闹钟"铃铃铃"地高声打鸣。啊，原来这只是南柯一梦！

　　可喜的是，随着全民阅读计划如火如荼地开展，"阅读风"已重新吹绿神州大地。可以想象，在不远的将来，大街小巷的"书痴"定会越来越多，书店定会繁荣如昨！

　　书的命运没有被改写，只是坎坷一些罢了。

　　古人云：察己可以知人，察古可以知今。阅读古今书籍，可使人茅塞顿开，心灵自由，正确看待社会，正确对待人生。

万年青礼赞

　　我家有一株万年青，它浑身苍翠欲滴。任凭春秋轮转，它绿意如故。

　　它一身绿装，狭长的叶子向斜上方伸展着，整个身躯就像千手观音般张开臂膀拥抱着世界。"英姿飒爽、雄姿挺拔……"这类形容词用在它身上毫不为过。懂它的人应该会知道，这不仅是它的外在姿态，还是它灵魂的格调。然而，我们都知道它在种类繁多的植物世界里只是一个再普通不过的存在。

　　和那些奇花异卉相比，它是那样的毫不起眼。因此，即便人们把它放在花坛里也很难让人感觉到它的存在。

　　它虽不是造物主的宠儿，可它从生之伊始到寿终正寝都是用朴实无华的姿态在世间活着。

　　它笃信自己的价值观——做不了太阳就做一颗星星，同样能光耀寰宇；做不了大树就做一棵小草，依旧能点缀山河。这个价值观的核心是两个字——奉献。

　　它通常被人们摆放在客厅、办公室、书房。各种物品被摆放得井然有序的客厅因为有了它的装饰而变得和谐，墨香四溢的办公室和书房因为有了它的点缀而显得雅致。当人们在看书、看文件、看电视、看电脑累了的时候便站起来伸个懒腰，把疲惫的目光投射到它苍翠欲滴的身躯上以缓解疲劳。过了一段时间后，双目又重新变得清朗，就像一台耗尽了燃料的小轿车重新加满了油，又可以动力十足地继续前行了。

它对人类的贡献看似微不足道，却又是那么实实在在！

它永远都站在花盆中岿然不动，像天使般微笑着拥抱苍天，似乎在向上帝祈祷："仁慈博爱的主啊！请赐给我永恒的生命吧！我渴望长生并不是贪恋红尘，而是期盼把自己的价值贡献给有需要的人呀！"

在繁花似锦的植物王国里，几乎所有的"达官显贵"都在向世界炫耀着它们一切可以炫耀的资本。美艳如象征着大富大贵的牡丹、高雅如代表着淡泊明志的菊花、短暂如转瞬即逝的昙花都在互不服输地争奇斗妍。它们在红尘的最显眼处，在一袭袭徐徐拂过的清风中舞动着婀娜的身姿。它们的惊艳化作了历代文人墨客笔下的华章。就连那其貌不扬的野花，也在微风的摇晃下频频向步履匆匆的路人招手，与百花争宠。花仙子们时常被人啧啧称赞，虽然无可厚非，但这在一定程度上是取决于造物主对它们的恩宠。问世间，又有多少植物能像万年青那样在缺乏阳光和新鲜空气的室内环境中仍能保持旺盛的生命力？虽然人类对待它不像对待别的高贵草木那样百般呵护，精心照料，顶多不时给它一瓢水解解渴，但是它愿意做这种不公平的买卖——将自己的可用之处无私地奉献给有些吝啬的人类。

盛衰兴亡是万物的规律。万年青终也会凋零枯萎。然而，它从一而终地把奉献精神做到了极致。斯树纵去，风骨长存！

奉献可使灵魂在躯体消亡之后光辉依旧。奉献者们的心灵是高贵的，也是彼此相通的，树如此，人亦然。在我们身边，比比皆是的"万年青"用奉献赶走了寒夜，驱散了阴云，温暖了世界，融化了隔膜。

当你在吃饭的时候看着碗里的米粒，再抬头凝视书桌前方的万年青时，也许会不由自主地联想起那首古诗《悯农》："锄禾日当午，汗滴禾下土。谁知盘中餐，粒粒皆辛苦。"

当你路过村庄，环顾四周的农田和菜地时，这样的画面就会被摄入眼球——在烈日当空时，农民们戴着一顶草帽，在蒸笼般的土地里播种、除草、施肥、浇水……时刻青睐着他们鲜血的是聒噪的蚊子和贪婪的蚂蟥，时刻威胁着他们生命的是一个个潜在的陷阱——潜藏在泥土某处的毒蛇。毒蛇常常会在地洞里钻出来，挪动着恶魔般的身躯，有规律地吐着又细又长的舌头，发出的嘶嘶声令人毛骨悚然。它们的存在就像一颗颗地雷那样。我邻居是一位农民。有一次，我从他的田边经过，突然听见"哎哟"一声急促而凄厉的惨叫。我定睛一看，惨了！他的一条腿被毒蛇缠上了，在距蛇头不远处有一个红点——他被咬了！蛇头小幅度地一伸一缩。它口中那条长舌嚣张地吐着，双眼寒光逼人，杀气腾腾。我抬头打量邻居的眼睛，只看见浑浊的瞳孔里透着无边的绝望……最后，我开车送他到医院，虽然命是保住了，可他心灵上的伤疤也许会伴随其一辈子。然而，对于这些，农民们早就习以为常。他们面朝黄土背朝天，日复一日地朝耕夕归，历经四季更替，终使深沉的大地结出了我们赖以维持生命的果实。他们把大部分农作物卖出去，才有了今天我们能吃到的农产品。

每次我路过庄稼地时都会陷入沉思：没有他们，我们能活吗？原来看似最卑贱的职业才最高尚啊！

黄昏时分，斜阳把大地映照得红彤彤的，而他们无暇顾及这一切。他们也和我们一样在一天天衰老，最终将与心爱的土地融为一体。

虽然他们只是沧海一粟，注定要被湮埋在历史的尘埃中，但他们却只是用疲倦的双眼望了望这个功利的世界，用长满老茧的手抹了抹额上的汗珠，给出一个宽容的憨笑，然后，匆忙俯下身子，拿起锄头，举起镰刀，让大地母亲奉献出更多更甜的乳汁。

现在街道上的宣传标语写得好：人都得吃饭，需有人种田。这就是对他们的功劳最好的溢美之词。

他们在我看来堪称"人类万年青"。

向他们致敬！

我在工作之余，偶尔收拾书桌，总会拿起一张发黄的照片注目良久，那是我小时候和老师的合影。虽然岁月催人老，可人老情却不老。我深情凝望着老师那慈祥的脸庞，不禁思绪万千。

老师是灵魂的工程师。一个人只有接受教育，才有实现崇高理想的可能性；一个人只有接受教育，才能摆脱愚昧和幼稚，不至于糊涂处世。自古以来，老师都是传道授业解惑者。

"春蚕到死丝方尽，蜡炬成灰泪始干"是他们的真实写照。他们站在三尺讲台上，面向学生，时而手捧着一本教科书，时而拿起一张练习卷或捧起一本练习册，解剖难点；时而拿着一支粉笔在黑板上写写画画，或讲解英语语法，或传授写作要领，或推算数学公式……有时候，一阵从门口吹进的清风裹卷着粉笔灰四处弥散，这些粉笔灰进入了他们的鼻孔里，呛得他们发出阵阵咳嗽；有时候，学生们起哄喧哗，他们不得不打断原本清晰流畅的授课思路，严肃地整顿课堂纪律，造成讲课的效果大打折扣。此外，当时间老人的脚步走到了酷暑的地段时，教室里的吊扇根本不足以把滚滚热浪驱走，他们常常汗流浃背。即便如此，他们也总是强作从容地讲解，以保证授课的质量。

有时候，我望着自家的万年青入神，脑海里总会像幻灯机那样放"幻灯片"，这"幻灯片"的主人公是我的一位高中老师。他体形较胖，在炎夏的下午上课，恰好教室里的风扇全坏了。虽然才刚上课不久，他的衬衫就已经湿透了，脸庞上也是汗涔涔的，但整堂课下来，他始终泰然自若地讲授。

老师们常常披星戴月地备课，批改作业，评卷。他们培优扶差，力争把每一个学生培养成祖国的栋梁之材。上课时，我们总能看到老师们那布满血丝的眼球，听着他们一声声尖利的咳嗽声。每一次，我在这样的课堂上听课，眼眶总是湿润的。

有的人身居高位，风光无限；有的人腰缠万贯，钟鸣鼎食；有的人横刀立马，叱咤风云。而他们，一个太阳底下最光辉的职业——老师，却愿意承受一辈子默默无闻的冷清，在社会大舞台的幕后发光发热。

他们每月只领几千块的工资，勉强能糊口，却用一支支粉笔在岁月的长河里谱出了人类文明的华章。

其实，平凡与伟大不但不是截然对立的，在很多时候还是兼容并包的。甚至可以说，平凡是伟大的母亲。老师便是这种微妙关系的最好诠释者。

"人类万年青"这顶皇冠应该毫无争议地戴在他们的头上！

向他们致敬！

此外，有一种在某些人眼里地位比农民和教师更低微的人，我向来认为他们同样堪称"人类万年青"。

如果你是留心观察的人，在街上，你一定可以看到这样的画面：在行道树下，在烟尘滚滚的路边，有一群人穿着橙色的制服，制服的后面印着"××环卫"的黑体字，大扫帚被他们紧握在手中，扫帚在地面"沙沙"划过，在艳阳高照的晴天里，烈日把他们的肌肤晒成了黑色。在日光的暴晒下，每一丝呼吸都透着令人难以忍受的酷热气息。人们行走在火炉般的大地上，一呼一吸都变得频繁而急促，没开汽车的路人一个个都被烤得眉头紧皱，即使撑起遮阳伞也是枉然。这些路人恨不得自己是火箭，马上风驰电掣般赶往室内场所享受空调吹出的丝丝凉气。然而，他们却心甘情愿地默默忍受着，像一台永动机似的用力挥动着大扫帚，似乎永不停歇。

他们早已把这一切当作了常态。

虽然他们的名字或许我们叫不出。但他们却都拥有一个质朴的称呼——环卫工人。

他们每人手中都握着一把大扫帚。哪里的粉尘最厚，哪里的落叶最多，哪里的垃圾最臭，他们的大扫帚就挥动到哪里。扫帚与路面摩擦发出的"沙沙"声与车辆发动机的轰鸣声构成了不那么和谐的乐曲。

然而，上帝总爱时不时捉弄一下他们。这不，这样的情景时常会映入他们的眼帘——

他们刚扫完了一段路面，正要移步别处。忽然，一辆运沙车疾驰而过，车身在凹凸不平的路面上颠簸几下。随即，一撮黄沙顷刻间飞泻而下，刚扫干净的路面又悲哀地铺上了一地散落的金黄。

在这时，阳光更毒辣了。

他们当中的一部分人又不得不返回原处埋头清扫。他们的额上渗出了豆大的汗珠。汗珠顺势滑落到他们的眼睑里，像502强力胶那样黏附在他们的眼珠表面，腌得眼珠生痛。久而久之，他们全身上下都浸透了汗水，活像一个个落水者，视线也变得模糊。他们吃力地扫着，一下、两下、三下……扫帚一下下挪动，地面一点点变干净。未几，路面重新一尘不染，他们欣慰地笑了。

这是城市里最美的笑容！

我喜欢逛街。街上的环卫工人随处可见，因为他们身穿的橙色制服是那样的显眼。

犹记得，在一个北风呼啸的上午，我骑着自行车悠然自得地在人行道上闲逛，头上戴了顶阿迪达斯牌运动帽。忽然，风力骤然加大，寒风把我的帽子吹翻在地。我刹住车，扭头一看，帽子正落在一个环卫工人的扫帚旁。环卫工人把我的帽子拾起，甩了一遍又一遍，还拿出随身携带的干净纸巾把帽子里里外外都擦了数十遍。然后，她缓步走到我身边，把帽子还给我："小伙子，这是你的帽子！"

我接过帽子，定睛一看，只见一个穿着橙色长袖制服的中年妇女冲我微笑，那微笑尽带慈祥。我谛视着她。她一脸黝黑，汗如雨下，脸上密密麻麻的皱纹如同古树的年轮，应该是一位村妇。当我接过帽子时，我又特别留意观察她的那双手。这是一双怎样的手啊——手上老茧密布，俨如一双耄耋老人的手！我想，这曾经可能是一双纤纤玉手，但在循环往复地扫街的过程中，任你的双手当初怎样皮光肉滑，也终会被扫帚柄磨得粗糙不堪。

思绪在我的脑海里飘飞。我的心弦被眼前这个环卫工人触动。我忍不住问她："阿姨，您干这行有多少年了？"她用衣袖抹了抹脸上的汗水，把大扫帚放在路边的花坛，喝了口水，缓缓地说："这套环卫工人制服我足足穿了三十年了，我的孩子都已经成家立业，在大城市工作，生活还算不错。我现在不愁吃不愁穿，儿子每月都会给我寄来几千元的生活费。"我听她这么说，十分诧异，便好奇

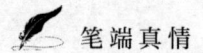

地问："那您为什么还要干这又脏又累且被人看不起的活？"

她笑了笑："社会上的各行各业都需要有人来干，如果人人都不愿意做环卫工人，那么城市又由谁来打扫，又由谁来美化？虽然我现在生活无忧，但就是闲不住，总想着为这个社会贡献点什么。我没啥本事，想来想去也觉得没有什么别的工作适合我干的，便当了一名环卫工人。时间过得真快啊！一眨眼，这把大扫帚伴我度过了三十个春秋。它不仅养活了我，还帮我实现了人生价值。我用手中的扫帚美化了城市，挺好！挺好！"

听到这里，感动和敬意油然而生。这两种情感交融在一起，瞬间迸发出一股股巨大的能量，在思维对碰中交织成一波波巨大的洪流，像钱塘江大潮般在我的胸腔里肆无忌惮地翻滚、奔腾、咆哮。随即，我的鼻子一酸，眼眶有点湿润。我愣在那儿，心中的千言万语被压缩成数个字："阿姨，您……"她拍拍我的肩膀，笑容还是那么慈祥。

我一时竟无言以对，戴上帽子，转过身来，匆匆离去。虽然我已走远，但刚才我俩交谈的场景却仍然一帧一帧地在脑海里回放着。

彼时，北风仍旧肆虐，我的心却感到了丝丝暖意。

我无法忘却他们——环卫工人。他们堪称"人类万年青"。他们对社会的贡献即使是鸿篇巨著也无法确切地记录。这就是人格的魅力！

向他们致敬！

在这个社会上，像这样的"人类万年青"数不胜数。他们在各行各业中散发着自己的光芒，世界因有了他们而四季如春。

功崇惟志，业广惟勤。也许，"平凡人"是贴在这些"人类万年青"身上一生的标签；也许，他们的付出与收获有些不对等；也许，他们总是与舒适的工作环境无缘。然而，他们从不因为这些而怨天尤人、妄自菲薄。他们燃烧自己，为社会带来光和热，直至灰飞烟灭。

虽然这些普通的名字终会被碾碎在岁月列车的滚滚巨轮下，但他们的人格必定会绽放出恒久的光芒。他们甘于隐藏在不被关注的角落里埋头苦干，默默奉献。他们理应有一个真正符合自己身份的统称，它最平凡却最崇高——奉献者！随着人类文明的不断进步，历史终将给予他们更加公平公正的定位，他们的品格必定会像品格高尚的万年青一样在历史的长河里万年长青！

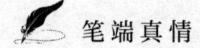

自强不息

我轻轻地敲打着键盘，试图把所有的奇思妙想编织成一篇篇华美的文章。累了的时候，轻啜一口香茗，任由丝丝清香飘散在天地间。

是的，我对写作付出了百分之二百的热忱。当别人在睡懒觉时，我在写作；当别人在玩游戏时，我在写作；当别人在聊微信时，我在写作；当别人在刷微博时，我在写作；当别人在开派对时，我在写作……我无法割舍对写作的热爱，"写作"这种生活方式早已融进了我的灵魂里。

我自小就对文学感兴趣。四岁时，我就已经能将《三字经》和《社会公德四字歌》这两本启蒙读物倒背如流。在文学的世界里，我就是一匹骏马，书山学海任我驰骋泛舟。于我而言，阅读是一种惬意的体验。我常常在夜阑人静的时候翻看书本，感受知识的灵气。我喜欢让灵魂与书中的圣人先哲对话。我喜欢与毛泽东对话，感受他"数风流人物，还看今朝"的万丈雄心；我喜欢与岳飞对话，感受他"待重头，收拾旧山河，朝天阙"的雄心壮志；我喜欢与谭嗣同对话，感受他"我自横刀向天笑，去留肝胆两昆仑"的凛然大义……

知识能震撼灵魂，我感动于范仲淹"先天下之忧而忧，后天下之乐而乐"的忧国忧民情思；动情于杜甫"安得广厦千万间，大庇天下寒士俱欢颜"的济世胸怀，折服于钱锺书"才情学识兼具，新旧中西俱通"的全能才华……

我在这人世间生活了二十多年，一直与文学书籍形影不离，我们就像一对情意缠绵的恋人。知识滋养了我的作家梦，让我时时刻刻都充满力量，从而风雨兼程地向文学圣殿跋涉。

沉浸在写作的欢乐中，我可以从晨曦微露的拂晓一直工作到鸦雀无声的深夜，中间不吃不喝不睡，全过程精神抖擞、才思激荡，只为完成一篇篇高质量的文章。对待每一次创作，我总是全力以赴。每当灵感突至时，我总会毫不犹豫地打开电脑，以最快的速度进入创作状态——为了一个清新的题目而搜索枯肠，为了一个正确的标点而深思熟虑，为了一个合适的词语而绞尽脑汁，为了一个最佳的表述而不断修改……

文学创作是我一生的事业。为了这项神圣的事业，我拼尽最后一滴血、流干最后一滴泪也在所不惜！在若干年后，当我回首这段青葱岁月时，我完全可以问心无愧地对自己说："麟，你是个合格的追梦者，你问心无愧！"

往事如轻烟，被微风吹散了；如薄雾，被初阳蒸融了。历尽了生活的狂风暴雨，千磨万击，我的脊梁愈发坚挺。沐浴在梦想的朝晖中，我的心灵已涅槃重生。这些年来，我对事物乃至对人生的认知已发生翻天覆地的改变。这些正确的认知助我告别失望，向希望进发！其中，我对命运的认知相较于以往有了翻天覆地的变化——

长久以来，我一直把"命里有时终须有，命里无时莫强求"奉为真理。无论是对待学业、事业，还是形形色色的人，我都是循规蹈矩，总把"力所能及"设为上限。后来，我叩问灵魂："世界上

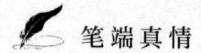

真的有'天命'这回事吗?"

没有!

命运从来都不是造物主操纵的。其实,命运的风筝就掌握在每一个人的手里。所谓"天命",只是人们臆想出来的自我安慰,"宿命论"绝不应该成为我们在奋斗征程上畏首畏尾的借口!若你胸怀壮志,那就勇敢地去追梦吧!这个世界没有人能给你设限,除了你自己。

"欲胜人者必须自胜,欲论人者必须自论,欲知人者必须自知。"这个世界很公平,你想拥有怎样的人生,你就可以创造出怎样的人生,只要你肯为之持之以恒地奋斗。命运的设计师从来都是我们自己!

我国古代著名政治家孙叔敖在少年时代遇见了一条双头蛇,算命先生断言他活不过三天,可他偏不信命,偏要坚强地活着,结果,他不仅活到了八十多岁,还通过奋斗成了楚国的令尹。由此可见,"命里无时莫强求"是谬论。

自那之后,我无论对待何事何物都以"命里无时要强求"为信条,对待文学创作事业也不例外。当我的作家梦开始萌芽的时候,一个算命先生就给我泼了一盆冷水:"你的命格不适合走文学创作之路!"这句话犹如晴天霹雳,瞬间把我的梦想炸得支离破碎。在此后的很长一段时间里,我始终不敢越"雷池"半步。我虽有一万个不甘心,但也不敢有所为。我的心里总有两个小人儿进行较量,一个轻蔑地说:"你别做白日梦了,命运注定你是走不通写作这条路的,认命吧。"另一个则掷地有声地反击:"我是一块写作的材料,收起你这鬼话吧!我不相信所谓'命运',我只相信自己,这条路我无论如何也要走下去!"就这样,他们年年月月、时时刻刻、分分秒秒地"拔河"，斗得难解难分。

　　幸得自我认知革命的风暴彻底掀翻了我的旧世界，"命里无时要强求"这个正确认知给我的灵魂进行了一场彻头彻尾的洗礼。自此，我的心海春潮涌动，依稀看见梦想在金色彼岸向我招手，最终还是那个充满正能量的小人儿赢得了这场拉锯战。我坚信：相信自己，一切皆有可能！我用"命里无时要强求"这条真理全力以赴地践行着我的初心，浇灌着我的梦想。为了学会搭建文章框架的方法，我不厌其烦地请教老师，打破砂锅问到底，最终我用勤勉与执着打动了老师，为了充实自己的词句库存，我从各种渠道做手抄摘录式笔记。这些好词佳句，有从文集摘录的，有从报纸摘录的，有从杂志摘录的，有从网上摘录的……至今，笔记已有六本之多，内容涵盖了有关写作的方方面面。这为我向文学圣殿攀登的过程增添了无穷的底气。这样一来，我就可以在文学的王国里自由驰骋，妙笔生花于我而言也不再是难事。为了在文章中正确使用一个标点，我总要反复推敲，仔细斟酌。有一次，我在文章中对一个标点的使用进行了反复推敲，经过了多次修改才一锤定音……

　　"命里无时要强求"这个正确的认知彻底取代了我原本的思维方式——只要是我想要的东西，造物主不给我的，我就应该用正确的方式全力以赴！

　　在自我认知革命风暴洗礼我的灵魂后，我对"感恩"的理解也更为透彻。长期以来，我都只把感恩停留在形式上。我总以为当朋友为自己雪中送炭时，礼貌性地说声"谢谢"就是感恩；总以为当同学为自己加油鼓劲时，礼节性地说声"一起加油"就是感恩；总以为当恩师对自己循循善诱时，信誓旦旦地保证"下次一定不会让您失望"就是感恩。我甚至一度以为把对父母的感激埋在心里就是

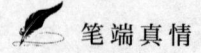

感恩。

其实，我错了！

真正的感恩是发自内心的，是一颗心对另一颗心的真情表白。所有关于感恩的言行都应该由心而发，而绝不应该是形式上的，更不应该是敷衍性的，否则就是对"感恩"这一神圣美德的亵渎！

生活还在继续，目标仍在彼岸。在"生活"这个战场上，我正自强不息地为梦而战！

我与外公

人生有很多难以忘怀的事情。有一天，家里搞大清洁，我无意中从抽屉里看见一张外公的老照片。照片中，外公英俊端庄，身穿一件笔挺的中山装，风纪扣扣得严严实实。若不是参加过他的葬礼，真不敢相信他老人家早已驾鹤西去。我注视着照片，回忆往事，不知不觉间已泪眼婆娑。岁月悠悠，时光荏苒。我在茫茫的记忆瀚海中打捞起关于我与外公的往事。

在我的印象中，外公是一位高高瘦瘦的老人，目如朗星，走起路来健步如飞，腰杆很是笔挺，像一棵老松。他曾是一位中国人民志愿军战士，退伍后担任某单位的领导，勤勤恳恳为党奉献了半辈子，直至光荣退休。退休后，他独自生活，难免有些寂寞。于是，活泼天真的我便成了他的情感寄托。

外公有一个书房。小时候，我很喜欢到外公的书房玩。他的书房虽然不算大，但是却很雅致。一进房门，一个古朴的书柜赫然入目。走近一看，上面摆满了各式各样的中外名著。离书柜不远处是一张书桌，书桌上每天都放着一张他当天要阅读的《南方日报》和一本被他翻旧了的名著。每次我在书房时，他总会拿起报纸读一则新闻或拿起名著读一段，我就在一旁静静地聆听。

他堪比朗诵家，读起文章来字正腔圆，节奏起伏有致，谁听了

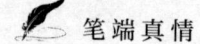

都会如痴如醉。

书桌上还有一个笔筒，里面有各种型号的毛笔，一沓宣纸压在笔筒下。当他读书看报累了的时候，就会拿起心爱的毛笔，铺开宣纸，写上一版端庄秀丽的欧楷，字迹几乎达到了以假乱真的程度。我有爱写字的天性。在他写字时，我总在旁边驻足观看。在我上小学后，我常常向他请教欧楷的间架结构，他总会不厌其烦地讲解。

如今，我写得一手端庄严谨的欧楷，全有赖于当初外公潜移默化的熏陶。

我与外公的往事是贯穿我童年生活的主线。

三岁那年，外公开始教我识字，由此开始了对我的启蒙教育。我的启蒙读物是《三字经》。他指着书上的字一字一顿地念，让我跟着读。他抑扬顿挫地念着"人之初，性本善……"我也亦步亦趋，那童稚的发音逗得外公捧腹大笑。外公往往手持一把戒尺，我一开小差，那戒尺便"啪"的一声抽在我肉嘟嘟的小手上，痛得我哇哇直哭。有时候我哭得震天响，"啪啪啪"的声音便像连珠炮爆炸一样。每次挨打时，我都用哀求的目光看着外公，外公总是板起面孔，喝道："认真点！"我便只好怯怯地聚精会神地朗读。

在一个冬日的下午，我正在书房里背《三字经》。这时，窗外"哗啦哗啦"地下起冷雨，玻璃窗上结了一层厚厚的水雾。我放眼一望，白茫茫一片。我的双手长着冻疮，只需轻轻一碰，便疼得哇哇直叫。我把书本压在桌面上，奶声奶气地背着，背着……

不知何时，瞌睡虫钻进我的鼻孔里，我渐渐背得漫不经心。突然，眼前黑影一闪，不知什么东西"嗖"的一声，夹着一股迅疾的冷风以迅雷不及掩耳之势凌空抽落！在即将抽落到我的手背之际，便骤然停住。我大吃一惊，以为是入屋盗窃的坏人对我进行袭击。

过了几秒钟后，我定神一看，是一把戒尺！我知道外公来了，随即下意识地扭头一看，果真是他！他的目光正落在我那双长满冻疮的小手上。

我谛视他的双眼，试图读懂他的眼神。他眼神的内涵是如此的丰富——不知是嗔是忧，是关切还是责备，还是兼而有之？

我强行鼓起勇气，做好挨骂挨打的准备。

外公却轻轻抓起我的小手，温柔地问："疼吗？"在那一瞬间，我的心被一股暖流彻底融化了——外公竟像慈母般对我体贴入微！

我笑而不答。

半晌，外公的脸色恢复了一贯的庄重，他轻轻地叹了口气，说："你本来是该打的，可看到你手上那些冻疮我就心疼，这次就算了吧！"

我打量着他的面颊，只见眼前的他皮肤粗糙而蜡黄，一道道深深浅浅的皱纹和满脸斑驳的老人斑让他老态尽显，一头如垂柳般的华发毫无光泽。我的心被深深地刺痛——曾经英俊端庄的外公老了！

我不敢相信自己的眼睛！我更不愿相信眼前这位垂垂老矣的长者是我的外公！

在那一刻，我眼眶湿润，泪珠滚动。

他留下一句"认真背书"便缓缓地离开。

我呆呆地凝视着他，深沉的背影一点一点地远去。

四岁是混沌初开的年纪，外公开始教我写字。在一个傍晚，他拿来许多描红本，让我坐在书桌前看他做示范。他一笔一画地写，写一笔，停一下，深吸一口气，屏息凝神地用手指比画着字的框架结构，才小心翼翼地写下一笔。我定睛一看，他写的字遒劲有力、结构严谨。然而，在当时，我只会形容为"好看"。他写完后，我便依样画葫芦般模仿。不出一会儿，方格上就被我密密麻麻地写满了字，然而，我的笔迹歪歪扭扭，如同残疾人走路那样。他注视着描红本，沉默良久。我抬头窥探他当时的表情，看见的只有一副严肃的面孔。

我看得出，他分明是不满意我的习作。

半晌，他用力地发出两声"咳咳"，迅即抓住我握笔的手一而再，再而三地照着例字勾画。

残阳如血，他的背影被霞光投射到地上，像一座巍峨的山峰。

搁笔后，他左手指着本上那些结构端庄严谨的"佳作"，右手轻轻地拍拍我的肩膀，意味深长地说："做人啊，就和写字一个道理，必须端端正正，规规矩矩，只有这样才能无愧于心，走好人生路。"我仰视他，他也凝视着我那双水灵灵的眼睛，祖孙俩对视着。他再次伸出那只饱经沧桑的大手，拍拍我的肩膀，深情地说："现在你还小，等你长大后就懂了！"我似懂非懂地点点头。

正如他所言，现在，我长大了，也明白了外公的良苦用心。

光阴似箭！在不知不觉间，我已到学龄。这时的我从一个懵懂的幼儿逐渐蜕变为青葱稚气的小学生。外公也"与时俱进"，开始纠正我的生活细节。

在生活规划方面，外公与"精明主妇"有得一拼。

他平时外出总穿着一双洗得发白的布鞋，裤子也总是"旧三年，新三年，缝缝补补又三年"。他每月领五千多元的退休金，平时却连两元一瓶的矿泉水也舍不得买，抽的是不超过三元的平价烟。他的菜谱很有"特色"——通常只有几棵白菜，年年如此，日日如是。与他吃饭是一种折磨，他细咽慢嚼，像是在享受龙肝凤胆，我却不喜欢吃这些。然而，当我提出要购买书籍或学习用具时，他会毫不犹豫地解囊支持。正因如此，朋友送他外号"密底算盘"。邻居经常笑他是"吝啬鬼"，他总是一笑了之。"钱要用在刀刃上才有意义"，他总是这样一本正经地回应对方。

在我读小学三年级时的一个周末，外公带我逛电子产品商店。在一个货柜的正中央，一台造型精巧的英语点读机吸引了我的眼球。这款点读机多次在电视广告中出现。它不仅造型美观，而且功能齐全。我早就对它垂涎三尺了。现在，实物触手可及，我又怎能不怦然心动呢？

我直勾勾地盯着这台心爱之物，瞟了一眼价格标签，不禁吓了一跳——499元！我的眉头不由自主地皱了起来。我原本把怎样对外公开口的话都想好了，最终却硬是咬咬牙把话咽回肚子里。忐忑不安的心绪折磨着我——走，竹篮打水一场空；说，外公肯定不答应！然而，我不甘心就这样一走了之，遂忍着内心的煎熬扭头瞅了瞅外公，既期待又紧张地观察外公的脸色。没想到他竟看穿了我的心思，在与售货员几番讨价还价后，点读机便成了我的囊中之物。在回家的路上，他轻轻地拍拍我的肩膀，和颜悦色地说："孩子，只要是有利于你学习的东西，外公都会给你买。你可要用功读书啊！"

外公有个"怪癖"——连掉出饭碗的米粒都不放过，哪怕是掉落地上的米粒也要捡起来吃掉。

在一次午饭中，我狼吞虎咽。这边我用力地扒饭，那边米粒却接二连三地掉落地上，狼狈不堪。他见状，马上命令我："捡起来吃掉！"

我哭笑不得——天下间哪有这样吃饭的人？

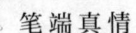

迫于他的严厉，我只好遵命。在我极不情愿地把掉落的米粒吃光后，他竖起了大拇指，冷峻的脸庞终于露出一丝笑意。

他随即在自己的饭碗里小心翼翼地捏起一粒米饭，在我眼前用力摇了摇，又郑重其事地指了指，语重心长地告诫我："孩子，谁知盘中餐，粒粒皆辛苦啊！"

……

"爱"是我与外公的往事的主题。

在我的童年岁月中，享受过千百种爱，见识过许许多多的人，但却没有哪种爱像外公对我的爱那样如美酒般存储愈久愈香醇，没有哪个人像外公这样令我在心存敬畏之余又心生敬意。

外公的爱，在严格中带着柔情。这种爱最有生命力，它能让我在充分享受爱的美好的同时又使我从中成长。这种爱外冷内热，就像一杯咖啡，苦中带甜。苦，只是它的形式；甜，才是它的本质。

时光如流水，在寒来暑往中，我与外公在这世上共度了十三年。这十三年的生活经历就像一首曲子，既有高亢激昂的旋律，又有宁静恬淡的音符。

可惜好景不长，就在我考上重点中学那年，一场大病夺去了外公的生命。从此，我与他天人两隔。

"爱"可以穿越时空，超脱纷纭世事，直抵心灵最柔软处。它是一所精神小屋，让饱经沧桑的心灵有了小憩的驿站。每当我的心灵负荷太重时就会躲进这所精神小屋，挣脱枷锁，卸下疲惫，尽情地沐浴在爱的光辉中，让心灵在汲取足够的养分后得到成长和升华。

我与外公的一幕幕往事就如同一场让人久久不愿醒的美梦，梦的主题是润物细无声的祖孙情。这场没有精巧装饰的梦惊艳了时光，点缀了韶华。我多么想就这样永远陶醉下去！我多么想坐上时光机，回到梦之伊始，重温爱的往事！

虽然这终究是我的一厢情愿，但纵然是一厢情愿又怎样呢？只要梦常在，爱便永存！

古人云：明镜所以照形，古事所以知今。如若我拥有上天入地的本领，就必定会腾云驾雾来到天堂，向外公说一声："敬爱的外公，愿我们能再续前缘！"

武　缘

七岁那年，我与武术结缘。这归功于母亲。

母亲素来喜欢与我闲聊。那时，我正值知识启蒙的阶段，懂得的人和事不多，和母亲闲聊的话题也很有限。她常常提起一部电视剧——《大侠霍元甲》。剧中讲述了在清末，出生于武术世家的霍元甲从小就胸怀救国救民之志，在长大后为了实现胸中的抱负便毅然投身江湖，行侠仗义，匡扶正义，凭借高超的武艺在与各路侵华势力的交锋中屡屡获胜，粉碎了敌人欲亡我中华、霸占我国土的阴谋，扬我国威，在接二连三的磨难中渐渐成为受时人敬仰的一代宗师的传奇人生故事。

剧中的霍元甲在任何对手面前都流露出一身舍我其谁的霸气。在平时的训练中，他对动作的要求极为严苛——就连一根手指弯曲的角度都要练习成百上千遍，以保证精确度毫厘不差。

每次听完母亲的讲述，我都想象霍大侠的光辉形象。每当我闭上眼睛时，一个高大的武者形象便清晰地在我的脑海中循环播放，仿佛武艺超群、对自身武术自信而执着的霍元甲活脱脱地在我面前大展拳脚。

尚武的种子在不经意间扎根于我童稚的心田里。

"练武之人总是自信而执着"，我常常在母亲面前念叨着，母亲总是轻柔地拍拍我的肩膀，殷切地说："儿啊，妈妈希望你长大后能像霍元甲那样，学得一身好武艺，行侠仗义，精忠报国。"

我乖巧地点点头，那尚武的种子破土而出。

随着年岁渐增，我接触的武侠剧多了起来，对于金庸的射雕三部曲——《射雕英雄传》《神雕侠侣》《倚天屠龙记》，我百看不厌，剧中的人物我能如数家珍。剧中惊心动魄的故事情节，错综复杂的恩怨情仇，刀光剑影的精彩对决总让我心驰神往。每当置身于金庸的武侠江湖中，我都能感到一股侠义之气在悄然滋长，侠士们豪气而仗义的精神令我景仰万分。

在我青葱稚气的时期，我无时无刻不在期盼：要是我能与武术结缘，学得一身好武艺，那该多好呀！

长大以后，美梦终于成真了——我正式拜在一位武术高手门下习武。

一次偶然的机会，我在父亲的陪同下与现今成为我师父的前辈初次见面。前辈曾多次参加全国武术锦标赛，获奖众多，也曾荣登央视舞台表演。一直以来他频繁参与各类大型演出，其武艺有口皆碑。他是我童年的偶像，我朝思暮想着有朝一日能跟随他习武。

前辈先向我问明来由，再从我父亲口中了解情况，得知我从小没干过重活，也很少锻炼身体，只是在与人交谈中和从电视荧屏上了解过武术，视一代宗师霍元甲为偶像，如今想拜他为师习武。他沉默片刻，往我全身上下反复打量，紧接着深吸了一口气。他的脸上波澜不惊，眼神难以捉摸——像是认可，也像是否定。随后，他双眸闪现出一丝不易察觉的惊喜，像是在新大陆上发现了金矿，可又随即摇了摇头，轻轻地叹了口气，说："唉，这孩子从小养尊处优，不知能不能吃得下练武的苦？不过，他的体格倒是挺健硕的，照理说是块练武的料子。"随后，他朝我蔼然一笑，打趣道："年轻人，你那么崇拜霍元甲，难不成你想成为霍元甲二世？"

"我对此可是梦寐以求呢！"我不假思索，脱口而出。

"习武可不是小孩子玩过家家呀，它苦得很呢，你吃得消吗？"前辈仍旧微笑着说。

"习武是我的夙愿，纵使前路风雨兼程，我定傲然走过！"我斩钉截铁地回答，语气中透着初生牛犊不怕虎的桀骜不驯。

"请您将我收归门下，好吗？"我央求道。

"好吧，不过世上可没有后悔药哦！"前辈见我如此诚心，便只好应允。

"前辈，我早已吃下了定心丸！不！现在应该改叫师父啦！"我乐得心花怒放。

从此，我俩便以师徒相称。

习武于我而言是全新的尝试。进入这片陌生的领域，荆棘遍地，乱石丛生，迷雾重重，我只能摸着石头过河。我学的是一段套路。由于没有底子，每当师父示范完一个动作后，我常常是一边抓耳挠腮地回忆思索，一边笨手笨脚地不断比画。在镜子面前的我，一个简单的动作重复数十次，甚至上百次仍不得要领。"这动作师父做起来如此轻松简单，在我看起来也不难，为什么轮到我做起来却如此吃力？"我时常这样问自己，心中的一丝丝不甘在垂死挣扎，内心的绝望与不屈在互相撕咬，弄得身心疲惫。师父见我这般不开窍，动了恻隐之心，于是便手把手地指导我练习，可我仍旧进展缓慢。他火了，气冲冲地扔下一句："学不会就别学了！"我楚楚可怜地望他一眼，只见他汗如雨下，满脸倦容。他闭着眼，一边喘气，一边喝水，一副烦不可耐的模样。

彼时，委屈的泪花欲夺眶而出，我眨眼强忍。酸涩的迷雾化作片片愁云压在心间。情绪的电波从最高点陡然滑落，我的心一片凄然，犹如漫天飞雪那样冷却了心中的热度，又恰似倾盆暴雨一样浇灭了心中的烈火。

然而，永不言败的火焰又愤然从心底熊熊升腾。我在心里无数遍拷问自己："人生路上，那么多险滩陡崖都被我跋涉过了，难道这小小的考验会把我打垮？"不！明知山有虎，我偏要向虎山行！我向来就是个遇山越山、逢水涉水的斗士！我坚信自己那自信而执着的特质一定可以创造出惊喜！

我紧握着拳头，目光坚定地凝视着师父，掷地有声地说："师父，我一定能学会的！"

语毕，我放慢呼吸的节奏，整理杂乱的思绪，平复烦躁的心境，仔细回忆师父所讲述的要点——出拳起脚的时机和速度，动作的幅度和节奏，运气发力的方法……待思路清晰后我便反复地练习了一遍又一遍，不厌其烦地严抠每个细节。每当卡壳时，我便按捺住失望的情绪，拨拨头发，暗暗给自己打气，随即又从头再来，一而再，再而三地练，一直练到自己满意才肯罢休。

在师父身边，我就像一台超负荷运作的机器一样一刻不停地练着，似乎永不疲倦，追求着每一拳、每一脚、每一个关节的角度甚至每一个手指的弯度的完美无瑕。时间在不经意间悄然流逝。我的手脚早已酸麻却不自知，衬衣早已湿透却浑然不觉。在不知不觉间，我的动作由生疏到熟练，再由熟练到灵巧，直至趋于完美。内心的撕裂感一度令我心力交瘁，像是在挣扎中熬过了无穷无尽的寒冬那样。当把动作练成后，我的内心如同灌了蜂蜜般享受，身心的倦意顿时消弭于无形，只有全身筋脉气血流转畅通的舒适感荡漾于

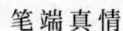

心间。

武术套路的开头有一个动作叫千字锤打落。对于这个动作，师父讲述的要领是：举过头顶的拳头要垂直打落至自己鼻孔的正前方，拳头下落时不能拐弯。这本是一个极其简单的动作，细观师父做起它来也不难。可不知怎的，我的拳头老是与我作对——在每次打落时，它都拐着弯。为了达标，我连轴转地练，可一直坚持到手软筋麻还是平板车进，平板车出。我垂头丧气地蹲在地上，气急败坏地嘟囔一句："不练了!"孰料，潜意识中有一个小人儿怒发冲冠、直眉瞪眼、乱髭倒竖地亢声而辩："只有懦夫才知难而退!"于是，在经过一场激烈的内心斗争后，我又重新树立信心。我改变方法——在练习时，我由拳头自然打落改为刻意盯着拳头打落的轨迹，同时放慢动作以便于调整方向。如此这般练了数百遍后，终于，肌肉惯性形成了，动作也变得规范了。

我成功了!

身在局中，我的喜悲忧乐唯有自己知晓。不可否认，那时的我犹如傲骨铮铮的梅花，在经受冰雪的摧残后，依旧傲然绽放出迷人的芬芳，飘荡在天地间! 回想当初，我真该为自己在濒临绝望时的那份执着和坚持点赞!

虽然后面的动作是更难啃的骨头，可我照样凭借自信与执着，一根接一根地啃下去。

训练结束后，师父微笑着点了点头，朝我竖起了大拇指。我百感交集，潸然泪下——不知是悲，还是喜?

回顾当初，在接受武术之神的考验时，我曾一度试图放弃，但自信而执着的个性让我最终在武术上获得了成功。所以，我应该把掌声留给自己!

"黑暗熬过去就是希望，寒冷熬过去就是春天，酸楚熬过去就是幸福。"我对这个哲理深有体会。

　　百折不挠的我终于取得了武术殿堂的入场券。这可谓是：千淘万漉虽辛苦，吹尽狂沙始到金。

　　此后，我日复一日地坚持训练，用最严苛的标准，用无数串汗水把单调乏味的动作打造得日趋规范，一次又一次地得到了师父的认可。于是，每逢有演出机会，师父都会让我登台献艺。这是天赐的千载难逢的良机，我怎能错失？否则，我会遗憾终生的！所幸的是，久经考验的我已变得成熟稳健，在任何场合中表演都能做到处变不惊。每次我都能在聚光灯下，自信大方地完成每一个动作。当把套路打完后，我收获了众多的鲜花和掌声，也结下了不少好人缘。

　　自信而执着的我完全对得起自己的付出——在武术之路上有了一个良好的开端。

　　有人说：只手创成银世界，双拳弄出金乾坤！后来，我两次参加大型武术比赛都跻身三甲，受到了多位武术前辈的赞誉。凭借不懈的努力，我的武术之路越走越宽阔。

　　在训练中，我执着依旧；在赛场上，我自信如故。所有的苦和累都在领奖的那一刻化为了温暖我心房的感动！

　　经过烈火淬炼的金子终于绽放出夺目的光芒！只是，我在枯燥与寂寞的陪伴下，日复一日地改良动作，精益求精地追求极致的那份严于律己的执着，又有谁能理解？

　　或许，别人理解与否真的不重要。

　　是的，自己洒下的血和泪，何须他人看见；自己为手摘星辰所承受的伤与痛，何须别人恻隐？无论世间的风云如何变幻，也无论

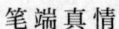

世间如何冷暖无常，自信与执着都会永驻我心间。

中华武术文化源远流长，博大精深。它曾在历史长河中激荡起壮美的波澜。它是先人延续至今的文化血脉，也是人类智慧的结晶。我在风华正茂之时就与武术结缘，何其幸运！一直以来，我都兢兢业业地在武术之路上刻苦修炼，始终忠实地践行着师父的苦心嘱咐——勤学精研，立品修身。

古人云：林间傲骨须珍贵，不到寒时不肯香！我的武缘不过是自信与执着的诠释。

侠骨柔情

夤夜，皓月朗照。柔情似水的流光给大地盖上了一层皎洁的薄纱。

在这澄澈的月光下，一位古稀老人的头上银丝胜雪。他长着一张标准的国字脸，浓黑的眉毛下是一双猎豹般的眼睛，一张宽厚的嘴巴又给人一种蔼然仁者的感受。应该说，他本来就是侠骨柔情的仁者，只是一张豹子脸和强悍好斗的尚武气质迷惑了人们的眼睛而已。

他辗转腾挪，上下翻飞，出手如电，起脚如风，腰生马势力，脚踏似泰山，意到酣处总要“哈”地大喝一声，把全身的真气释放殆尽。这一声穿云裂石；这一声惊天动地；这一声震得四海翻腾，五洲震荡！一套少林五型拳被他打得刚猛有力，收放自如，节奏合理，气贯长虹。他的连环招式，如滔滔江水般绵绵不断，恐怕连“观者如山色沮丧，天地为之久低昂”的唐代舞剑高手公孙大娘也要甘拜下风！

在空旷的庭院里，飒飒南风裹挟着滚滚热浪把落叶戏弄得上下翻飞，“沙沙沙，沙沙沙”的声音在几十米外都能清晰可辨。在不远处的田野里，蛙声阵阵如擂鼓，虫鸣声声似吹哨！一时间，大地之韵与挥舞拳脚而产生的风声，节奏合理的呼吸声，响彻天宇的叫喝声水乳交融，浑然而成一曲人与自然合奏的交响乐。

然而，四周的风吹草动丝毫不能扰乱他的心神。他聚精会神，拳脚"啪啪啪啪"如连珠箭一样，招式之灵动似银蛇狂舞。他的招式精奇至极，不由得使人啧啧称赞：此招只应天上有，人间能得几回见？

只见他一招左鹤型——吊丁马步稳扎，左手五指并拢撑直，举至平肩处如白鹤啄鱼般向前画弧以迅雷不及掩耳之势猛地一戳，怒目圆睁，浓眉倒竖，如饿虎扑食；一招刚落，一招又起。看！这次是翻身阴阳掌——四平马扎稳，双手平行划一个O型，犹似翻江倒海；然后运气至右掌，瞬间顺势向前击出，倘若泰山被这一股迅猛之力击中也得碎成粉末……

欲问此人是谁？此人便是武术界公认的一代宗师——陈英林（以下简称"英林"）！

英林出生在一个偏僻的小山村。此地钟灵毓秀，尚武成风。在他9岁那年，英林正在田里干农活，适逢村中的武术高手与英林的父亲侃侃而谈。那位高手看到手脚麻利的英林，像发现新大陆似的喜上眉梢，情不自禁地竖起大拇指，朗声说："你儿子体格健硕，手脚灵活，是块习武的材料，不练武就可惜了！老陈，就让他跟我学武吧！你放心吧，我会尽力把他调教得像模像样的。"高人如此器重自己的儿子，望子成龙的老陈自然是二话没说就一口答应。从此，英林便与武术缘定一生。

春天，草长莺飞，万物争荣，丝丝春雨滋润了地里的庄稼，骀荡的春风放飞了人们奔向希望的风筝。对于这一切，英林无心欣赏，他独自背诵武功口诀。夏天，麦浪起伏，田野里的虫儿鸟儿忙着开派对。农家的孩子在天边的空地上你追我赶，辽阔的田野就是他们的游乐场，英林目不窥园，他专心参悟武术动作要领。秋天，金黄的稻子透着成熟的气息，整个村庄虽落叶满地，然而村人却并不悲哀寂寥，到处都透着一股恬然自足的气息，英林心无旁骛，他不厌其烦地练习高难度动作。冬天，万物休养生息，苍茫的大地蛰伏着生命的坚韧，英林无动于衷，他总是思考如何将招式化繁为简，精益求精。四季更迭的美景丝毫没能打动英林的心。他义无反顾地扑进武术王国里，贪婪地拾掇着丰富的宝藏。无论春秋如何轮转，也无论流年怎样如水，英林对武学的痴心始终都不改。

一天，天空乌云密布，浓黑如墨，英林置之不顾，一个劲地大展拳脚。忽然，他听见有人指指点点："瞧！这傻子，哈哈哈……"英林这才停了下来，猛然惊觉瓢泼似的雨水不停地倾泻下来，随即往身上一摸，望望天上，瞧瞧地下。他如梦初醒，猛地惊叫："不好！下雨啦！"背后的笑声更大了。这件事一传十，十传百。人们说英林练武练傻了。英林听后，只是一笑置之。

英林曾在师父面前立下宏愿："徒儿此生定要成武学宗师！"是的，武术是他生命的全部。倘若把武术从他的灵魂中抽离，他一定会成为一具行尸走肉！

在19岁那年，风华正茂、锐气正盛的英林参加全国武术套路锦标赛。他一路过关斩将，杀进决赛。决赛的对手名声很大——至少拿过三届全国武术大赛冠军，还在国际比赛多次夺冠。

在比赛中，虽然大家都是久经赛场的老将，可这次却不知为何发生了一些小插曲（或许是名将云集的赛场气氛过于紧张压抑吧）——有些选手四肢僵硬，有些选手大腿颤抖，有些选手呼吸急促。英林却泰然自若，做起动作来舒展自如，时而如饿虎扑食，时而如仙鹤亮翅，时而如玉人照镜……观众的喝彩声此起彼伏，有几个青年忍不住站起来，忘情地挥舞着加油棒大喊："英林，加油！英林，冠军！"

随着他一个收桩回礼，裁判立刻亮出全场最高分。

冠军，是冠军！他振臂咆哮，喜极而泣！岁月斑驳了他的容颜，却夺不走他的豪情！一个追梦的人，绝不会空手而归！

金灿灿的奖杯是他矢志不移的光辉印记，是他"有志者事竟成"的最佳诠释，是他睥睨群雄的王者风采！

那一夜，雷雨交加，狂风大作！缓步走出赛场的英林频频向观众挥手致谢，昂然步入风雨中，与电闪雷鸣、暴雨滂沱的天地浑然一体。

俗话说：功到自然成。初出茅庐便旗开得胜的英林此后四次参加该项赛事，豪夺四连冠。此外，他在群英荟萃的全国武术精英对抗赛中，用三招五式击败了当时武林的泰斗；在星光熠熠的世界拳术交流大赛上，以压倒性的优势打垮了不可一世的一代拳王；在群雄逐鹿的全国擂台冠军争霸赛上，他连胜 5 位曾经的全国冠军……一时间，他成为武术界的焦点人物和各大媒体争相报道的对象。

古人云：有志者，事竟成，破釜沉舟，百二秦关终属楚；苦心人，天不负，卧薪尝胆，三千越甲可吞吴。英林以常人难以想象的付出，书写了一个武林传奇，在强手如云的武林缔造了属于自己的辉煌。

自此，英林成了武术界公认的希望之星。

冰心诗云：成功的花，人们只惊慕她现时的明艳，然而当初她的芽儿，浸透了奋斗的泪泉，洒满了牺牲的血雨。

这是英林的真实写照。

初露锋芒的英林意气风发，开始墨突不黔地辗转于各地参加各种武术活动——时而应电视台之邀，录制武术讲座；时而应商家之邀，参与商业演出；时而应赛事主办方之邀，担任裁判工作；时而应武林同行之邀，交流切磋武艺。所到之处，他都被慕名而来的武术爱好者围得水泄不通。当他登台表演时，观众接连不断地向他献上鲜花，一些疯狂的女粉丝甚至当众示爱。面对大家的厚爱，英林受宠若惊。他曾在多个场合回应粉丝："我其实和你们一样，都是武术爱好者，只是自己有点幸运，多参加了几次比赛，多拿了几次奖，多露了几次面而已。如我有不足之处，欢迎大家批评指出！"

平日里，英林从不炫耀武艺，出街入市总是一身常人的打扮。因此，社会上很多人误认为他不会武功，对此，他从不放在心上。

他喜欢与朋友相聚于酒楼谈天说地，可对于武术却三缄其口。无论朋友如何称赞，他都谦虚说："我只是菜鸟，请你们多多指教！"有一次，隔壁饭桌一位彪形大汉一路鼻孔朝天地走到英林面前，指着英林嚷嚷："你就是英林？听说你是武术界的宗师，只是不知是不是浪得虚名？敢不敢跟我比试比试？"英林听了，谦恭地敬个礼，微笑着说："不敢当，我只是个菜鸟。若跟你比试，我这身子骨可能受你一拳就散驾喽！"那大汉哈哈冷笑："看来，你这武林宗师是徒有虚名啊！"英林仍作谦让："大侠，陈某甘拜下风啦，请另觅高手吧！"大汉仍咄咄逼人："哼！伪大师，吃我一拳！"说完，他便一记箭锤直扑英林面门。英林左手一接，右手一掌猛击对方前胸，招式之间似乎毫无时间差。大家只听见"哎呀"一声惨叫，那大汉飞出两丈之外，摔了个狗啃屎。众人哈哈大笑。转眼间，英林已泰然自若地归座品茶。

这件事不胫而走，成为百姓茶余饭后的谈资。有人交口称赞，有人则半信半疑。一些不服气的武林高手联手组成"抗陈联盟"，

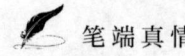

把一纸挑战书交到英林手里，誓要与他一决雌雄。英林回信道："大家都是同行，本该勠力同心，弘扬中华武术，何必因这些鸡毛蒜皮之事而同室操戈？"那些人读信后仍执迷不悟，扬言要让英林身败名裂。英林只好应战。比武那天，英林再三晓之以情，动之以理，请求握手言和。有些人幡然醒悟，主动向英林赔礼道歉；有些人则冥顽不灵，执意拳脚相向。他们像饿狼捕食似的一拥而上，企图打英林一个措手不及。英林气定神闲，纤巧地使了一招"横扫千军"，打得众人哭爹喊娘。最终，他们像一个个斗败的公鸡，不约而同地向英林忏悔："我等有眼不识泰山，冒犯了高人。英林大师果真德艺双馨，佩服，佩服！"英林摆摆手，和颜悦色地说："今天的事情已成过眼云烟，各位无须耿耿于怀。我希望大家以后能同心同德，为继承发扬中华武术凝心聚力，集思广益。"众人无不被其虚怀若谷的胸襟所折服，纷纷向英林下跪赔礼。

从此，他们与英林成了好友。在英林的感召和带领下，大家齐心协力响应国家号召，积极推动武术事业的发展。他们时常沿着泥泞不堪的山间小道走进穷乡僻壤，为当地村民带来一场场武术盛宴；他们主动与教育部门联系，积极奔走于各学校游说其主管领导，竭尽所能定期为学生们带来一堂堂精品武术课程；他们还在百忙中抽暇，穿行于各国进行武术交流，扩大中华武术的影响力……

英林就像一位初心不改的老农在武术这块广袤的土地上勤耕不辍；他犹似一台播种机四处播撒武术的种子。他是一位不计酬劳的园丁，用拳拳赤子心孕育出一个繁花似锦的武术之春。他用超群的实力和高深的德行诠释了武术。在人们心中，他是当之无愧的"一代宗师"。

英林从 30 岁时开始收徒，很多年轻人从少林寺学武归来后仍觉自己功力尚浅，心甘情愿地拜于英林门下继续深造；部分家长为了使自己的子女得到英林的指点而在五星级酒店大摆宴席，用劳斯莱斯接英林这位"伯乐"来"相马"；很多在社会上有一定名气的武林高手不惜搁下面子来恳求英林收之为徒。

英林收徒有明确的标准——不具备学武之才的人，就是别人送上千金他也不为之心动，有学武的天赋但无德之人，他坚决不收；是好苗子但又学不起的，他愿免费授武甚至送课上门。

有一个从未接触过武术的青年人在机缘巧合下邂逅了英林。英林见他身材魁梧，骨骼精奇，动作敏捷，心中暗喜。他不露声色地问青年人："小伙子，我是一位武术教练。我认为你是块练武的材料，想学武吗？"青年心花怒放，可又有些为难："师父，我家境不好，况且是个武术的门外汉，能学武吗？"英林爽快地说："只要你肯学，我就保证教你！"青年人当即含着热泪叫声："师父！"

当天下午，英林来到青年家中，眼前境况使他心中一酸——房子还是残破不堪的泥砖房，一地枯枝败叶堆满屋前，几只老母鸡在屋檐下"咯咯"地踱着步。他走进屋里，只看见几件无比陈旧的家具。在谈话中，他得知青年人是个孤儿。这一切使英林心生恻隐，他当即拍板："只要你肯用心学，我就保证不收你半分钱学费！"

从那天起，无论刮风下雨，无论酷热难耐，无论寒风刺骨，也无论乡路多么泥泞不堪，英林总会骑着自行车从城里远途而来，准时来到青年家中授武。就这样，英林一教就是两年。青年人最终也没辜负英林的良苦用心，成为市里赫赫有名的武术教练。

英林一生桃李满天下。入选省级或以上专业运动队的弟子比比皆是。他们参赛获得的荣誉数不胜数。他们遍布各行各业，有成为领导保镖的，有成为武打演员的，有成为武术教练的……他们一直

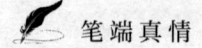

都谨记英林的教诲——用武术来实现自我人生价值。

武林同行们称赞英林："历史上的'孔门 72 贤'也不过如此！"英林收徒有明确的标准——不具备学武之才的人，就是别人送上千金他也不为之心动；有学武的天赋但无德之人，他坚决不收；是好苗子但又学不起的，他愿免费授武甚至送课上门。他憨憨笑曰："此生能为中华武术栽桃育李，我死而无憾！"

在寒来暑往中，武术伴随他度过了大半辈子。

如今，年事已高的英林担任市武术协会的顾问，为开展武术进校园、武术进社区、武术进军营等相关活动建言献策。他是老而不朽的功夫巨星，尚武一生，对武术爱得深沉！他用一生的付出与奉献来践行古人的名言"春蚕到死丝方尽，蜡炬成灰泪始干"，一身功名于他而言，不过是尘与土。

曹操云：对酒当歌，人生几何？英林自知岁月难敌，便给儿子留下一纸遗书，遗言只有一句：孩子，待我死后，你将我平生所学悉数传给千家万户吧！

如今，人们仍天天可见这个披星戴月练武的武痴。只是，他的头发越来越花白，视线越来越模糊，嗓音越来越沙哑。

他常对月沉思，让涓涓心事静静地流淌……

享受阅读

午觉醒来，邻居给我送来一本《泷江文艺》，那香溢四方的油墨味让我困倦顿消，精神为之一振。邻居是市文联的干部，他知道我喜欢阅读，因此《泷江文艺》每期出版都会送我一本。我今天特别高兴，因为我的一篇文章竟然也在刊物上刊登出来了。我由该刊物的读者升级为作者了。于是，我泡一杯香茗，任由墨香和茶香交融升腾。

书中那一篇篇清丽淡雅的散文，有如一幅幅生动的风景画；那一首首小诗，犹如一朵朵活脱脱的小花；至于那些小说，我读起来有如在看足球赛，总是那么扣人心弦。我深深沉醉其中，难以自拔。这或许就是读书之乐吧！大半个下午的时光就这样过去了。

我对书的兴趣源于外公的熏陶。外公是一位退休干部，酷爱读书。我听外婆说，他有时候上班较早，回到办公室会见缝插针读上几页书。为此，他得了个"书痴"的雅称。退休后，他花在阅读上的时间更多了，几乎是全天阅读。他房间的书架上井井有条地摆满书籍，其中有不少是文学作品，堪比作家的书房。他常常对我说："书是使人变得聪明的天使。"

在好奇心的驱使下，我总会从书架上抽出一本书像模像样地读起来，即使当时我还未能完全懂得书中的词汇与句子的意思。每到

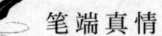
这时，外公就会凑过来，指着书中一些晦涩难懂的词语问我读懂了没有，我摇了摇头。于是，他用浅显易懂的话来给我解释。看到我专心致志读书的样子，他露出了欣慰的微笑。

随着年龄的增长，我的词汇量越来越丰富，对书的兴趣也越来越浓厚。到现在为止，我已经记不清我究竟读了多少部著作，但外公书架上那些小说集、散文集、诗歌集肯定是早已读完。渐渐地，我也能体会到读书的乐趣了。

在书海里恣意地遨游，我付出的是精力，得到的却是无穷的乐趣。

一个人饱读唐诗宋词，不仅可以提高自己的文化底蕴，增添生活的色彩，还能体会到"熟读唐诗三百首，不会吟诗也会偷"的乐趣。沉浸在朱自清的散文间，我会感受到祖国河山是如此秀丽，生活是多少美好；陶醉在保尔·柯察金的动人传奇中，我会感叹人的生命力竟可以那么顽强；遨游于《西游记》的奇思妙想里，我会惊叹古人丰富的想象力。一本本好的书像一扇扇宽敞通透的天窗，当我打开后，一道道明媚的阳光就会透射进来。

每次我外出散步时，都会带上一本书。公园的石凳上，亭台楼阁之间，或是潺潺流水的小溪旁都可以成为我读书的好地方。我孤身一人享受阅读的乐趣，从中体悟岁月的宁静美好，让烦恼烟消云散，使身心无比舒畅。书籍是无私的，它不仅不求回报，还总是默默地向人们奉献；它又是公平的，你倾注一份思考，它还你一份真理，你倾注一份投入，它还你一份快乐。

坚持不懈的阅读令我获益良多。书籍教会我在困难面前不低头，在失败中不气馁，在遇阻时不后退。那些润泽心灵的文字总是载着满满的正能量，鼓励我直面人生，鼓励我重拾信心再上路。

在阅读中，我接触到了以前从没有接触过的事，了解到以前从没了解过的人，懂得了许多以前未曾懂得的道理。渐渐地我开始拿起笔来爬格子，让阅读与写作这对最要好的朋友在我的生活中尽情飞翔。

如今，阅读已成为我生命中不可或缺的部分。与书为友，我内心的情感得以极大地丰富，同时我的三观发生了本质的改变。在以往很长一段时间里，我都固执地认为人性是丑恶的，直到后来一本本优秀的书告诉我世界是美好的，真善美才是人性的主流，不能因为人性的某些弱点而否定整个世界，我错了！书籍教会我宽容，让我摒弃了狭隘的心理，以海纳百川的姿态去拥抱世界。

高尔基曾说：书籍是人类进步的阶梯，而我要说："书是人生的罗盘。"在这纷繁复杂的世界里，如果没有书，你就找不到前进的方向。与一本好书邂逅，如同与一位睿智的哲人对话。它使我醍醐灌顶，使我身心愉悦。这种快感是我做其他事所无法获得的。

知识无穷尽，学习无止境。朋友，在有空时请不要忘记打开书本，让灵魂接受知识的洗礼吧！"热爱阅读，享受阅读"永远是人生十分明智的选择。

与兴趣为伴

　　与兴趣为伴，我们的生活会变得绚丽多彩。

　　俗话说：咸鱼白菜，各有所爱。每个人都有自己喜爱的事物。与兴趣为伴，我们会发现生活其实本就如诗如画；与兴趣为伴，我们的生活就充满无限希望。我们也许会在一个旭日东升的拂晓，或是在一个霞光万道的黄昏，在参天古木下，或是在潺潺流水边，和着鸟语花香，喜见狐兔欢悦，用最优美的旋律、最浪漫的诗篇，怀着感恩之心热烈地讴歌生活。生活处处皆风景——虫鸣蛙鼓是那么悦耳动听，灵山郁水是那么赏心悦目，珍馐百味是那么美味可口，惊涛骇浪是那么雄伟壮观，电闪雷鸣是那么撼人心魄！与兴趣为伴，好比咀嚼一颗奶糖，浓郁的甜味会从舌尖一直蔓延至心底，融化灵魂。当你陶醉于平淡如水而又其乐融融的日常生活时，会蓦然惊觉，一切都是那么美好！

　　生活的列车滚滚前行。我置身于喧嚣热闹的人海中，在熙攘间叹尽了人间的悲欢，于迷乱里看破了红尘的爱恨。在世事纷扰中，我刻意避开了灯红酒绿的喧嚣，执拗地离群索居，独享一份安静。当风雨袭来时，我便躲进心灵的港湾，卸掉生活的重担，与兴趣为伴。

　　读书是我自幼形成并伴随至今的兴趣。

我喜欢的书五花八门——吟哦后让人浮想联翩的诗歌，欣赏后让人心旷神怡的美文，浏览后让人忍俊不禁的笑话，沉醉后让人脑洞大开的小说，阅读后让人醍醐灌顶的格言……无论时间有多紧，工作有多忙，生活有多落魄，境遇有多困难，书都是我形影不离、缠绵缱绻的伴侣。在我家里，每一寸空间都散发着文化情调，书香弥漫，沁人心脾。这是饱尝山珍海味，痛饮玉液琼浆都无法比拟的高品位享受。稍有闲暇，我都会在书海里酣畅淋漓地遨游，乐此不疲，几乎忘了尘嚣的存在。读书是我生活中不可或缺的部分。我在吃饭时读书，在睡觉前读书，甚至在出恭时都读书。

　　书是知识的宝库。通过读书，我可以尽可能地把先人的智慧据为己有，为我所用，去沟通世界，去探索未知，去明确方向，去温暖心灵，去洗涤灵魂。是的，通过读书，一个个问号变成了句号，最后化为人生华章的叹号。这一切是多么的美妙啊！我无法想象，一个人离开了书，他干涸的灵魂会是怎样的杂草丛生，赤地千里！俗话说：腹有诗书气自华！读书让我的灵魂时时刻刻散发着高贵的芬芳，迸射出耀眼的光芒！

　　每当我与书别离的时候，孤独感便瞬间侵袭我的灵魂。即使我刻意跻身于繁华中也总会感叹："萍水相逢，尽是他乡之客！"倘若迫不得已地与书长相别离，让我惊慌失措的迷惘感便一发不可收拾地冲撞我心里的铜墙铁壁。于是，灵魂便会掉下碎片。而孑然一身的我，便会茫然、惶恐……

　　我多想就此定格在读书的时光里，浴火涅槃，悄然羽化成智慧之星，以最夺目的姿态在银河中迸射出神圣的文化之光！

　　文学创作是我净化灵魂进而升华自我的兴趣。

　　深夜是我在一天中最幸福的时光。我把自己锁在隔音效果极强

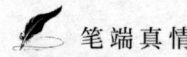

的书房，泡上一杯香茗，独享指尖敲打键盘的快感。叮叮咚咚的敲击声，犹如抑扬顿挫的鼓点，忽轻忽重地敲击心窗。累了，困了，啜一口香茗，让生活的清香流贯于四肢百骸、五脏六腑。当回味清新醒目的文章题目时，我万分愉悦；当回味灵动俏丽的文字时，我倍感欣慰；当回味井井有条的篇章结构时，我无比舒心。那都是我灵魂的絮语啊！听！叮叮咚咚，叮叮咚咚！灵魂插上翅膀，跨越高山，飞渡江海，来到如诗如画的世外桃源，正恬静娴雅、自得其乐地浅唱低吟呢！啊！我多希望自己是永动机，可以昼夜不歇地码字！

文学创作是我与世界沟通的窗口。窗内是那么温馨和谐，窗外是那么五彩缤纷。在全神贯注地创作时，我的思绪犹如脱缰的野马在广袤的精神世界里自由驰骋。倘若条件允许，我愿意用尽一生来享受笔耕的乐趣。我多想天长地久地陶醉在创作的状态中，享受如歌岁月，憧憬似锦前程！我多想用一支生花的妙笔，涂抹出一个梦幻般的温柔乡，在轻歌曼舞中安放那令我怦然心动的情感！沉浸在创作的状态中，我的灵魂是透明的、圣洁的。彼时，我全身上下的每个细胞都聚满鲜活的元气，呼之欲出。置身于这个用文字建造的梦幻王国中，我可以无所顾忌而满腔赤诚地对这精彩纷呈的世界尽诉衷情，悠然自得地反刍在岁月静好中不怒不怨、无惊无忧的心绪。

正是文学创作让大千世界的徐徐清风源源不断地吹进我的精神小屋，也让我的灵魂有了最高贵、最理想的归宿。

但愿在百年之后，我的墓志铭会是：这是一个浪漫而执着的文学创作者！

散步是我在工作之余用以放松心情的兴趣。

黄昏时分，我喜欢在广场的林荫道上悠然自得地散步。置身于宽阔的广场，我感觉自己如同时钟上的秒针，循环往复地移动着。一路上，我就像个天真无邪的孩子，时而仰望碧蓝如洗的天空，凝视那皎洁如雪的云朵；时而俯视绿意盎然的大地，细察成群结队的蚁群；时而环顾擦肩而过的身影——有蹒跚学步的幼童在牵着母亲的手咿咿呀呀，有风华正茂的小伙子在谈笑风生，有絮絮叨叨的大妈在结伴而行聊家长里短，有打情骂俏的情侣在卿卿我我地展望未来的家庭生活……在浮想联翩中，我的心灵被四周的祥和幸福之景俘虏了。原本略微疲惫的身躯自由自在地穿梭在生气勃勃的绿树红花间，脚步轻盈而灵动，一路上沐浴着夕阳的余晖。我在流连中悄然忘却了光阴的流逝。

在移步换景中，造物主向我娓娓道来生活的真谛。他告诉我："生活是一道五味俱全的什锦菜，又是一幅五彩缤纷的画卷，更是一曲清越悠扬的交响乐。"

生活是造物主恩赐给每一个人的一趟漫漫旅程。当我们铿锵前行时，无须介怀前方如何泥泞坎坷，只要义无反顾地热爱它，前路就一定阳光明媚！

我多想一直漫游于这诗情画意的人间乐园中，不说再见！

只要我们热爱生活，与兴趣为伴，生活就必然会给我们丰厚的馈赠！

古语云：溪涧岂能留得住？终归大海作波涛！与兴趣为伴，幸福万年长！

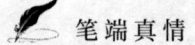

愿共乐韵醉此生

在一个宁静的夜晚，月光带着丝丝凉意洒在书桌上。晚风像一位柔情似水的母亲那般把窗外的榕树护在襁褓中左右摇晃。晃动的榕树如一位妙龄少女在翩翩起舞，尽情地讴歌着花样年华。

我坐在书桌前，边听着随身听边看书。耳畔乐韵飞扬，我惬意极了。随身听里响起熟悉的旋律："碎月流光，微波中荡漾，风吹起淡淡的忧伤……夜未央，梦未凉，几多相思愁断肠。叶泛黄，一别陌路两相忘。"这是歌手张含韵唱的《相思赋》。整首歌有一种凄清般的美。唱腔优美，饱含深情，把一对情侣离别之后久不相见而苦苦相思的煎熬凄楚之情抒发得淋漓尽致。它的歌词也颇具美感，如"碎月流光，微波中荡漾，风吹起淡淡的花香"一句就颇具诗情画意。如"残月半，影孤单"这处，把深切的离愁婉转地表达了出来，言简意赅。

这种古风歌曲是我非常喜欢的，因为它总是带给我一种唯美的享受。

是的，音乐带给我美的享受。那些跳动的音符像一位多情的佳人那样轻弄纤纤玉手，撩拨我敏感的心弦；那些天籁之音回荡在我的双耳间，使我像沐浴在温泉里那般舒适，足以涤净我灵魂的尘埃。

音乐是阳春白雪的精品，与乐韵共醉是一种高雅的享受。叩问苍天，可否在我百年之后，把我埋在音乐的王国，让乐魂与我的灵魂再续前缘？

气吞山河的歌曲是我在情绪低落时的振奋剂。每逢乐韵袅袅时，我脑海里便翻江倒海般思潮澎湃，就像在播放一部气势恢宏的主旋律电影那样——影片中，主人公在慷慨激昂地宣誓，在声嘶力竭地呐喊，在兴高采烈地欢呼，在斗志昂扬地高歌……我陶醉在这丰盛的听觉盛宴中，在不知不觉间，心情就会有如"山重水复疑无路，柳暗花明又一村"般豁然开朗。当我心情浮躁时，旋律柔和的乐韵可充当一所供我享受"宁静以致远"境界的精神小屋，只要逃进去，我被猫抓般的狂躁感便消失了。在万籁俱寂中，我的灵魂踏着舞步，伴随着空灵的节奏，徐徐通往由一帘幽梦编织成的温柔乡，尽情地醉倒在韶华留声、岁月静好的仙境中，但愿从此不再醒来！与人相别时，抒发离情别绪的歌是我的最爱。在彼时，我好像成了歌词中那位与故友在长亭相别的主人翁，或惆怅，或悲怆，或感伤……一曲听罢，我的思念也从单色调的孤苦变得百感交集。我偏爱嗓音清澈的歌手唱的歌，因为我始终坚信：即使是山珍海味也要有厨师烹饪才能成为一道美味佳肴。歌曲中优美的旋律就像一块巨大的磁石释放出如魔幻般神奇独特的磁性，把我的灵魂死死吸引住。对于那些不符合我审美观的旋律，我通常是听到一半就马上关掉；只有那些我觉得好听的歌，我才会下载到随身听里。有时候，我在选歌时偶尔会遇上小烦恼——明明是一个很美的歌名，点击进去一听，却是一首内容低俗的靡靡之音！每到此时，我会马上把它关掉！这种音乐会扭曲人的三观，听它何益？

音乐之美，美在意境，美在嗓音，美在旋律，美在思想。

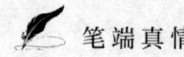

　　音乐能激增我阅读的欲望。云菲在《暖流》里唱得好："书香飘送传温暖""愿这书香千世流芳"。这两句歌词使我由衷地感到书是那么高贵！有书在，生活是那么美好！如果我的生命有足够的长度，我恨不得把世界上所有的书都读完！在每一个静谧的夜晚，月光洒满书页，智慧的光华折射在我的心里，就像天使的双手触摸我的灵魂那样。书香沁人心脾，芬芳了我美丽的梦想。从孩提时代的启蒙读物《社会公德四字歌》到如今大部头的中外文学名著，每一本书我都读得手不释卷。于我而言，每一次阅读的机会都像救命稻草那般非抓不可。我享受阅读。因为，在书的瀚海中，我的思想可以自由地遨游，不会受到人为的干扰。在字里行间，我的灵魂和书中的哲人对话。在啃懂他们那些晦涩难懂的名言之后，我能感受到"更上一层楼"的快意。在阅读小说时，那些曲折离奇的情节让我废寝忘食，那些刀光剑影的桥段让我大呼过瘾，那些凄美的爱情故事惹得我为之长叹："问世间情为何物？直教人生死相许！"总而言之，读书的快乐是其他任何东西所无法比拟的。每逢听到这两句熟悉的旋律时，心中对阅读的热情便像宇宙大爆炸般陡然高涨，刚放下的书又立马被我拿起。

　　音乐带给我精神的鼓舞。曾有一段时间，因为事业不顺心，我陷入忧郁之中。当烦恼情绪来袭时，我就会播放黄家驹的《光辉岁月》和《谁伴我闯荡》这两首经典励志歌。这两首歌中有两句歌词给我奋发进取的力量，它们是"自信可改变未来"和"只有顽强"。是啊，很多时候，不是事情本身有多难，而是做事者本身缺乏自信。不是有句俗话叫"世上无难事，只怕有心人"吗？其实，很多事情只要坚定自信，就可以做成。在人生旅程中，有很多道路都荆棘丛生。有时候，寒冬会麻木灵魂，黑夜会消磨意志。我们越是对命运听之任之，便越是会觉得自己离悬崖绝壁越来越近，要生存下去，只能顽强地与之做殊死搏斗！优秀的音乐会在我失意潦倒时给我慰藉，在我心灰意冷时给我温暖，在我畏缩不前时给我勇气，在我萎靡不振时给我自信……

音乐坚定了我的信仰。我对歌曲《冠军的梦想》中的那句"滴下的汗水坚定我的信仰，我相信，我能够，站在世界的中央"情有独钟。我经常会在写作时播放这首歌，尤其在我写一些气势磅礴的句子时，产生的情感共鸣会令我热血沸腾。成为作家是我魂牵梦萦的理想。在我心中，文学创作之路是一条神圣的路，文学梦是我美丽羞涩的梦想。电脑键盘上的每一次敲击都是我逐梦之旅的坚定脚步！每一个清晨的一对熊猫眼都是我为梦奋斗的印记！当我沉浸在文学创作的状态中时，便是在享受着最好的生活。如果在此时，"滴下的汗水坚定我的信仰"这句歌词在我耳畔旋绕，我便感到自己的信仰愈发坚定，自己离梦想的彼岸愈发接近。当乐韵悠悠响起时，在我的灵魂与乐魂水乳交融的那一刻，亢奋的音符便与我滚烫的内心洪流相撞，顿时火星四溅！那些激情四射的旋律激励着我一路向梦想狂奔！

音乐使我笃信美景定在前方！众所周知，生活本就每天忙碌奔波。我周而复始地折腾在繁文缛节中，脑子难免会有些麻木。这时，《暖流》里的歌词便是点燃我激情的兴奋剂。在歌中，"美景前方可勇闯！"这句听得我热血偾张，也使我壮志满怀地期待一个似锦的前程。我时常感慨，一路走来，我多舛的追梦路总是冷雨飘零，冰霜肆虐。所幸，我滚烫的心仍烈火熊熊！我很幸运，因为凤凰涅槃激射出的万丈光焰足以将淋湿梦想的雨雪消融殆尽。每当我走过一个个低洼险滩时，我都会选择与歌曲《暖流》结伴而行。毫无疑问，音乐是我在漫漫长路中伴我"击水中流，浪遏飞舟"的一位亲密战友，也是一位在我生命中不可或缺的可以义无反顾地为我的梦想指引航程和加温鼓劲的恩师。有这样一位良师益友的陪伴，我还有什么理由不笃信我的未来定会风光无限呢？音乐告诉我："只要往前勇闯，良辰美景就等着我欣赏！"所以，无论前路怎样泥泞坎坷，我始终都坚信，涉过千山万水，终会到达彼岸！这句歌词正是这个最朴实无华的道理的生动诠释。

音乐带给我的是诗情画意的唯美，是生命茁壮成长的活力，是奋发向上的自信，是追梦矢志不移的执着……

音乐就像一位播撒爱的天使那样无私地向我折射"真善美"的光辉；音乐又像一位与我无话不谈的好朋友那样与我苦乐与共。我要谢谢你——音乐！正是由于有你这位天使的不离不弃，我才健全了人格；正是由于有你这位好朋友的形影相随，我才每天都精神振奋！

艺术的真正意义在于使人幸福，使人得到鼓舞和力量。愿共乐韵醉此生！

在逆境中咬牙坚持

我与双节棍结缘于几年前。

一直以来，我对在荧幕上把双节棍舞得出神入化的功夫巨星李小龙的英姿念念不忘。在孩提时代，我就在心里美滋滋地想：要是我能像他那样，多拉风啊！苦盼久时，朋友终于遂了我的心愿。

朋友是一位武术教练，在双节棍方面颇有造诣。学双节棍于我而言是一个全新的挑战。他从最基础的"甩棍"开始教我。他抓住一节棍子的中间，轻松地往后一甩，棍子另一节便稳稳当当地停在大臂中部。"哈哈，看来双节棍也不难学嘛！"我心中窃喜。于是，我依样画葫芦地把双节棍一甩，谁知手腕一崴，痛得钻心，关节几乎报废！朋友瞧我可怜兮兮的样子，扑哧一笑道："你以为双节棍这么容易学呀？它里面的技巧可多着呢！"我羞愧难当，只好认真地练习，我照猫画虎般学了整整一天也没学会几个动作。

随后几天，我的学习进度依然不敢恭维——棍子仿佛不愿听从我的驾驭，东蹿西跳的，像个捣蛋的孩子。有一次，我摇棍失误，眼珠子狠狠地挨了一棍，"哎哟"一声惨叫，眼皮猛地一合，我仿佛被卷进了无边的黑暗世界中，顺颊滑落的泪水汇成了一条小河。

一时间，我竟成了舞台上的小丑！我越学越生气，越学越泄气，就如同残疾人一样一瘸一拐地在一条泥泞不堪、低洼不平、乱

石铺陈、荆棘丛生的曲折小道上踽踽前行，前路越走越窄，也越走越险，最后竟仿佛走到了穷途末路。

"唉，不学了。"我哀叹一声，把棍子随手一甩，一下子瘫坐在地上，呆若木鸡。"我以前不是挺聪明吗？难道我一直都高估自己了？"我的世界如暴雨倾盆，我的心态分崩离析。我抬头望去，天空一片灰蒙蒙的，大地苍茫尽墨染。"真想扔了你这鬼东西！"我指着角落里孤苦无依、可怜巴巴的双节棍恶狠狠地咒骂。痛苦的泪水决堤涌出，淹没了我的世界。

我的脑子像被灌了糨糊。不知过了多久，我的思路才渐渐清晰。我的思绪飘向遥远的春秋时代——越王勾践在绝境中忍辱负重、卧薪尝胆、矢志不渝，厉兵秣马，励精图治，最终成功复仇称霸的历史故事一幕幕地在我迷乱的脑海中重现。紧接着，小学时学的一篇课文《向命运挑战》在我的脑海里重现。它讲述了"英国人霍金身患绝症，生命岌岌可危，却无畏地与病魔殊死搏斗，最终活了下来并一次又一次为科学界贡献智慧，亲手书写了自己的传奇——成为享誉世界的科学巨匠"的动人故事。此时，我的思维变得异常活跃，一个个绝处逢生并最终功成名就的名字犹如海潮冲破记忆的闸门——身残志坚且自强不息的著名作家史铁生，自创的剧本被数百家影片公司累计拒绝一千多次仍执着地坚持、最终一戏成名的好莱坞影星史泰龙，一夜负债数亿仍坚强地东山再起的商界巨子史玉柱……在不知不觉中，它们如同一束束照亮黑夜的阳光，照亮我的精神小屋——把愁云赶走，把泪海蒸干，把心房照亮……榜样的力量是无穷的。在思维的碰撞和重组中，我对成功的渴望格外强烈。"就这么放弃，值得吗？认输可不是你的性格。"心里的一个声音铿锵有力地敲击我！

心中的不甘让我重新拾起双节棍进行练习。我循序渐进地理解要点，琢磨技巧，不顾一切地反复练习，心中只有一个信念：必须成功！无论是烈日炎炎，还是风吹雨淋，我都拿着双节棍如同时针转动般循环往复地甩动着，像个永不停歇的高能机械人般摇动着，直练得山河打鼾、日月合眼仍斗志不减。虽然进步缓慢，可我的内心却充满激情。

日复一日玩命般的练习让我的摇棍技巧进步神速。后来，我参加双节棍表演获得如潮好评。当表演结束时，我在台上说了这么一句话："今天能获得大家的肯定，我非常感激，然而，我第一个要感激的是在逆境中咬牙坚持的自己！"

如果当初我被逆境打趴，就不会见到风雨之后绚丽的彩虹。逆境就像闯关游戏中颇具挑战性的一道关卡，它往往是丰厚馈赠的铺垫。一旦你闯过去了，"百万好礼"便能拿到手软；可你要是闯不过去，功亏一篑的滋味定会让自己悔恨终生。

闯关的法宝是：信念、意志、毅力。三大法宝相互作用，共同合力，熔铸成一艘乘风破浪的巨舰，助你渡过苦海，到达万紫千红的人生之春。

新松恨不高千尺，恶行应须斩万竿。亲爱的朋友，倘若你迷失于逆境中，请咬牙坚持走下去！看，绚烂春光正在前方向你招手呢！将来熠熠生辉的你定然会感激现今执着坚持的自己！

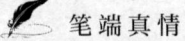

千里奔腾正当时

一匹隐藏实力的千里马会被伯乐相中吗？

不会！

因为它的闪光点——"无与伦比的奔跑能力与独一无二的灵性"没有在伯乐眼前展现出来。伯乐看不到它的闪光点，也就无法识别到它，更别谈相中它了，纵然它的确是一匹千里马！

这的确是一件憾事！

在社会上，这样的憾事屡见不鲜。在生活中，一部分人虽然才高八斗、经纶满腹，但却未曾在自己熟悉喜爱的领域内大显身手。不可否认，他们的确是人才，只是未遇到"伯乐"。他们怀才不遇，是因为没有勇气或没有适时在"伯乐"面前毛遂自荐——让"伯乐"发现自己的才华，因而错失了被赏识、被起用的良机。

事实上，纵使是人才，也需让自己的闪光点映入用人者的眼帘，让"伯乐"看到你的价值。如果你把实力藏着掖着，纵使你有文韬武略，"伯乐"也不会在茫茫人海中慧眼识珠。

商朝末年，姜子牙穷困潦倒。他武略超群，志存高远。一直以来，他都希望能被"伯乐"赏识，却始终郁郁不得志。于是，他想出了一个另类的办法——在渭河旁用直钩钓鱼，以此来博人眼球。有一天，恰逢周文王路过。周文王惊异于他奇怪的钓鱼方式，于是主动与他交谈。在交谈中，姜子牙的经天纬地之才打动了周文王。于是，周文王让他来辅助自己平定天下，最终，姜子牙成了西周的开国良相。姜子牙正是在言谈中展现了自己卓越的才华，让周文王这个"伯乐"看到了他的价值，才会得到欣赏和重用。

三国时期，素有"卧龙"美名的诸葛亮隐居草庐饱读群书。那时，他已经享誉天下。刘关张三人"三顾茅庐"去拜访他。诸葛亮适时提出了"三分天下然后一统"的战略构想，使得三人对他佩服得五体投地。后来，诸葛亮辅助刘备建立蜀汉王朝并登上帝位，他自己也位极人臣——官拜丞相。正是因为此次他在刘备面前成功的自我推销，才使得刘备这个"伯乐"心甘情愿地拜他为军师。

好莱坞著名影星史泰龙在年轻时只是个无名之辈，虽然他颇具创作才华。他的梦想是成为一名演员。于是，他拿着自创的剧本遍访美国所有的电影公司，不料却遭到了成千上万次拒绝，他却始终执着地坚持，后来，终于有一家电影公司采用了他的剧本。于是，他凭着自导自演的影片《洛奇》一炮而红，家喻户晓，最终梦想成真。史泰龙的成功也正是得益于他向影片公司永不言弃的自我推销，让自己的才华得以淋漓尽致地展现。这才使得影片公司这个"伯乐"最终给他出演的机会。

……

和平与发展是当今时代的主题，也是世界各国的总体发展趋势。随着各国社会环境的日益安定，国家制度的日渐完善，教育水平的日臻提高，人才井喷成为必然趋势；而"伯乐"是有限的，人才心中的理想职业、理想职位的数量也是有限的。因此，对于人才来说，每一个鱼跃龙门的机会都显得弥足珍贵。在人才扎堆的社会环境中，面对僧多粥少的竞争局面，人才唯有进行自我推销，让自

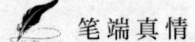

己的价值充分暴露在"伯乐"的眼皮底下才会有机会。

因此，自我推销是人才赢得这场酷烈的生存竞争的首要条件。作为人才，应该立足于自身的工作岗位，抓住合适的时机，采取合适的方法，在本职工作上有所作为，让自己的才华完美地展现在"伯乐"的眼前。

在人生赛场上，竞争无处不在，有实力需展现。人才只有善于自我推销，才有机会入"伯乐"的慧眼，正如只有展现实力的千里马才会被伯乐相中。

在新时代的今天，各行各业需要大量人才，就业岗位无数，人人可以公平竞争上岗，东门不开西门开。人才在不同的工作岗位上贡献自己的智慧和汗水，实现各自的人生价值。这正是：人人成为千里马，千里奔腾正当时！

武术师父

夜色渐浓。

八卦钟敲了十二下，我在床上辗转反侧，毫无倦意，索性移步庭院去纳凉。抬头仰望夜空，只见明月高悬，清辉流泻。

问今宵，谁能与我共醉？

吾师，弟子愿与你痛饮千巡！

这注定是一个有故事的夜晚。我打开心窗，让尘封已久的心语如涓涓流水般潺湲，让嫦娥聆听这个用感恩之心去编织的故事！

吾师陈凤彰 8 岁开始习武，年轻时深得多位武术名家真传，多次在全国武术公开赛跻身三甲，现任罗定武协副会长兼武术教练。他是市内大型商业活动的常客、省级电视台的老面孔，且曾登上央视舞台……不仅如此，电影《月是故乡明》《一代武王梁天柱》和纪录片《蔡廷锴》中都有他的镜头。毋庸置疑，在我市，凡是提起陈凤彰，人们无一不竖起大拇指。他的拳法刚猛迅捷，一张一弛，极具观赏性和实用性，仅是一个开桩式就足以震撼观众——双脚贴地画弧，拉开四平马，然后向下一坐，迅即"哼"一声从鼻孔喷出，整个地球都要抖三抖！一招怀滚虎爪使得形神兼备——马步向前一铲，右手一扣，同时左手虎爪猛地一推，双眼向前一瞪，目光如炬，眼神里透着团团杀气，像饿虎将要扑食。一招卸马桥底沉踭

令人看得目不转睛——先铲着四方步卸马，然后"一指定中原"从桥底拉出，如彩虹般划出一条炫目的弧线，直至与上身成90度平肩定住，再以一声气震山河的"哼"向下一沉。整套动作一气呵成，颇具气贯长虹之势！

于我而言，与吾师陈凤彰相识是缘分。我一直以来都万分渴望与陈凤彰师父结下师徒缘。于是，便找了一个机会登门拜访。在表明来意后，他足足与我谈了一个上午。其间，他的朋友数次请他吃饭，他均婉拒。临别时，他微笑良久，竟主动伸手求握，我羞赧地伸手相迎。不经意间，一股暖流涌入我的掌心，经由全身脉络传递到我的心窝里。

回家的路上，我沐浴着和煦的阳光抖擞前行，街道上的行人熙熙攘攘，街道两旁的柳树随风起舞，整个世界仿佛成了欢乐的海洋。

师父在上第一堂训练课时便提出四点要求，让我铭记在心：一是未学武先修德，二是尊老爱幼，三是做一个对社会有贡献的人，四是懂得感恩。

这四点教诲成了我为人处世的信条。

古话说：学高为师，身正为范。有一次，我获邀参加师父的生日派对。一群人在师父家中的饭桌上推杯换盏，高谈阔论。忽然，当中一个满脸横肉、脸庞黑如煤炭、五官如苦瓜的汉子张牙舞爪地对师父口喷脏话，无端谩骂。师父顺势一瞟，目光在那汉子脸上停留几秒后便若无其事地移回原处。我倒吸一口凉气，以为师父会和他唇枪舌剑，不料师父竟气定神闲地继续和大家交流。那个汉子见师父对他不理不睬，于是用词越来越脏，嗓门越来越大，更加肆无忌惮地挑衅。师父仍旧毫不理会，继续和大家谈笑风生。不到一盏茶的工夫，那个汉子自讨没趣，灰溜溜地走了。

事后师父告知我，那个汉子是因嫉妒他有一身出神入化的武艺而无理取闹。

从那天起，我就感到拜在陈凤彰师父门下是多么幸运而光荣！

在与师父相处的过程中，我总会收获满满的自信！

"你是一匹千里马"，在与我相处的日子里，师父始终把这句话挂在嘴边。他向我的灵魂注入舍我其谁的霸气，使我的脊梁坚挺如松。在这种自信的加持下，我活出了男人该有的傲骨！

自习武以来，我总庆幸自己与武术颇有缘分。习武的首日，师父对一位武林前辈说："这孩子体格健硕，是块练武的好材料！"光阴飞转，一个月眨眼间就过去了。回顾习武之初，我完全没想到习武对我来说竟是如此惬意——很多招式的奥秘，稍经师父点拨，我便茅塞顿开；绝大多数的招式仅仅通过数次练习，我便能熟练掌握。

在教学时师父反复叮嘱我"在表演套路时要如入无人之境"，因此，在每次演练套路的过程中我都心无旁骛。正是这个好习惯助我在第三届"小武状元"杯青少年武术大赛中取得佳绩。

有时候，我很畏惧师父。有一次，我在做"一指定中原"这个动作时，指缝间的间距不够，师父立刻命令我："重做！拉大间距！"说完便三步并作两步地过来扳开我的指缝，随即给我照了一张相片，嘱咐我："你回家后就按相片中的姿势去练吧，直至练到规范为止！"

回到家后，我废寝忘食地苦练。在第二天训练课刚开始时，我就演示给他看。他微微一笑，点了点头，连竖三次大拇指，随后说了一句："我希望你能完美地复制我的动作！"

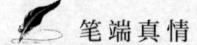

俗话说：行万里路不如名师指路！我仅仅用了十多天，便从一个对武术一窍不通的门外汉一跃而成为"小武状元"杯青少年武术交流赛二等奖得主。据师父说，我这种经历在他所有的弟子中是绝无仅有的！

俗语云：是驴是马，拉出去遛一遛才知道。经过比赛的历练，我终于相信自己果真是一匹千里马！

赛后，我听见评委们热议："观看陈瑞麟的表演就如同观看陈凤彰的表演。"

师父在车站旁边开了一所茶庄。茶庄在营业时间内开放冷气，并有充足的茶水供应给来宾，还放置了两张柔软的沙发。他的朋友们常常来此享受这舒适的环境。师父利用招待朋友的间歇向我授武。我常常不知疲倦地练习，期待有朝一日能成为武术明星。

在"小武状元"杯青少年武术大赛开赛的前夜，我跟随师父到武协的会议厅开会。整个会议厅武林高手汇聚一堂，共商事宜，可谓是群英荟萃，议程烦琐而冗长，与会者各抒己见，制订评分标准。

我坐在师父旁边，第一次和这么多高手共处一厅，难免有些紧张。在会议将要结束时，武协会长要我当众表演套路。一瞬间，我的双腿不由自主地颤抖。师父见状，用力地拍拍我的肩膀，轻柔地说："放松点！"

"放松点"，这几个字犹似润物细无声的春雨，又如温暖人间的春晖那样。霎时间，我的身体里暖流涌动，最终在评委们面前成功地完成了表演。

平日里，要是不约定时间，我想要与师父见面简直难于上青天——他每天都出现在各种社交场合。各行各业的人环绕他左右，有医学界的，有教育界的，有政界的……他最喜欢结交武林高手，在他们当中，有精于棍术的，有善于使刀的，有长于耍枪的……

只要师父去到哪里，哪里就座无虚席。他常带我参加一些社交活动。我原本是一个沉默寡言之人，由于跟着他东奔西跑，也变得阳光朝气起来，凡有师父出席的社交场合都必定有我的身影！

光阴在我天马行空的思绪中悄无声息地流逝。在不知不觉间，深夜悄然而至。我回到卧室，安然地进入梦乡。在梦中，我成了一匹驰骋疆场的千里马，而马背上那位策马扬鞭的骑士，便是我的伯乐——吾师陈凤彰！

千里马常有，而伯乐不常有。我们在最合适的时间，以最合适的方式成就彼此！我要向你致敬——吾师陈凤彰！

人生征途漫漫，唯有奋斗。生命不息，奋斗不止！

走向成功

　　夜深沉，大地在酣睡，天幕中星光璀璨。吊灯发出柔和的光，弥漫了整个雅致的书房。我沐浴在温馨的灯光中，品着香茗，再次阅读与我朝夕相处的成功学书籍《方与圆全集》。

　　书中对我触动最大的是论述"自信""勇气""实力"的相关内容。它们焕发出智慧的光华，在岁月静好中与我脑海里的万千思绪交融混合，汇成一湾滋养人生的清流。我轻敲键盘，让这湾清流潺潺地润泽心田。

一

　　自信是对自我的肯定。它是成功人士不可或缺的属性，可以激发一个人的潜能，使其自身能力发挥到极致。

　　人类社会从古至今都是一个优胜劣汰与携手并进并存的赛场。竞争与合作是社会发展的主旋律。合作的本质是互利共赢，对于双方来说，合作自然是以皆大欢喜收场；而竞争，则是一种博弈，是一场淘汰赛。

　　一个自信的人可以放开手脚施展自己的才能，从而把自己的亮点最大化，这样就大大增加了自己在竞争中脱颖而出的概率。

一个没有自信的人，总是时时处处觉得自己比不上别人，这就最大限度地限制了自己才华的施展。倘若竞争对手们一个个自信满满，他们的才华得以最大限度地施展，毋庸置疑，在这场比赛中，胜负的天平已向竞争对手倾斜。对于己方来说，这就相当于自我认输。

一个没有自信的人，在生活中必会犹豫不决、畏首畏尾。他在人生的舞台上作茧自缚，惴惴不安地挪移着发颤的双腿，既想站在舞台中央，又怕被竞争对手挤下舞台，结果是真的被挤下舞台。

培养自信心其实不难，要把精力用在自己的特长上，聚沙成塔，累积成功，并铭记成功带来的成就感，就可以使一个人从自卑变得自信，又从自信走向成功。

叱咤风云的人民领袖毛泽东，在革命低潮时凭着"星星之火，可以燎原"的信念，由弱变强，步步为营，最终横扫蒋介石的八百万大军，创开天辟地之伟业。他一生都在战天斗地，救人民于水深火热中，为人民谋幸福。"自信人生二百年，会当击水三千里"是他非凡一生的写照。

我国著名数学家陈景润年轻时不修边幅，因而常被人嘲笑。但他坚信自己的实力，焚膏继晷地朝数学巅峰攀登，最终摘取了"哥德巴赫猜想"这颗皇冠上的明珠，扬名四海。商界巨子马云在创业初期被时人当作傻子，但他没有理会他人的眼光，二十年如一日地专注于自己的事业，最终创建了阿里巴巴商业帝国，如今被人视为"创业教父"。

这些妇孺皆知的例子无可争议地证明——自信能使人创造奇迹！

几年前，我与文学之神邂逅。在那时，学业的挫败、人际的破裂使我原有的自信逃到爪哇国去了。那时的我像一叶在黑夜中飘零

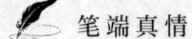

的孤舟，在茫茫大海中东奔西窜，远离了起点又看不见终点。在暮色深锁中，险象环生的大海就像狰狞的魔鬼般时时刻刻都在兴风作浪，张牙舞爪，把我这叶孤舟戏弄得东倒西歪。

为了找到出路，我全面分析了自己的优势和短板。从小学起，每一次考试，我的作文都被老师作为范文在全班当众朗读。老师的每一次朗读都能使我产生一种成就感。它在我纯净的心海里翻腾，奔涌，咆哮！从那时起，我就在心田里种下了"作家梦"的种子，没想到多年之后我有幸走上了"仗笔走天涯"的人生路。

几年间，我在文学路上跋山涉水。为了一个选用贴切的形容词而苦思冥想半天是常事；为了设计一个更合理的篇章结构而把文章推倒重写是常事；为了起一个传神的题目而绞尽脑汁是常事……

这些记忆碎片，是我朝文学殿堂进发的印记。在阳光的洗礼下，满地斑驳的朝圣路熠熠生辉。

几年前，"自信"于我而言只是一个将信将疑的概念。如今，"自信"已化为我体内的热血，奔涌不息。它以青春特有的温度沸腾着，滚烫着梦想。

人必须有信心，否则就成不了大事。

二

勇气是指个体意志过程中的果断性和具有积极主动性的心理特征相结合而产生的士气状态，是帮助一个人战胜困难的重要力量。

如果人生是一辆车，那么勇气便是它的发动机。发动机的功率有多大，我们离梦想的距离便有多近——车辆所到之处，原本茂密的荆棘顷刻间便化为乌有。勇气可以帮助一个人在人生的征程中跨越千山万水，最终，成功到达黄金彼岸。

有勇气的人在他的人生字典里根本就没有"困难"二字，他会在不断的挑战中享受乘风破浪的成就感，在一次又一次的自我超越中，体味"无限风光在险峰"的无穷乐趣。

若是没有勇气的人，生活对他来说就是一座炼狱。在人生中，或大或小的考验于他而言就如同一个个面目狰狞的魔鬼那样在折磨他，时刻在吞噬着他内心的豪情壮志。他的脊梁是弯曲的——骨头里没有钙质！只要别人轻轻地一推，他就如危楼般轰然倒下。

勇者能把看似不可能的事变成可能。三国时，赵子龙于曹操的百万雄兵中单骑救阿斗，成为千古美谈。赵子龙在这次战斗中不但完成了任务，而且让自己名垂青史。可见，在生活中，很多事情不是你能不能做，而是你敢不敢做。在很多你似做不成的事情里，往往蕴藏着出彩的无限可能。只要你鼓起勇气去做了，得到的回报就往往超乎你的想象。这或许就是"赵子龙救阿斗"的故事带给我的一点启示吧！

勇气一定要用在正确的地方才能体现其价值。楚汉争霸的故事妇孺皆知。西楚霸王项羽在垓下中了韩信的十面埋伏后，被汉军一直追杀到乌江边。这时，江中有人驶一条船来营救他。他只要乘船过江，完全有机会东山再起。然而，他却自觉无颜见江东父老而挥剑自尽，致使千秋功业付之一刎！

其实，项羽是挺有勇气的——挥剑自刎不是一般人敢做的，他却做得如此决绝，如此不假思索！然而，他又是个懦夫——一个意气用事、目光短浅的懦夫！事实上，当时他仍有翻盘的机会。他有万夫不当之勇，有"登高一呼，应者如云"的号召力，况且，江东是他的主场。他是江东父老的英雄，他是江东父老的骄傲！若他归来，江东父老必定帮助他重整旗鼓。他完全可以坦然地面对江东父老，他完全可以厉兵秣马，东山再起。然而，作为三军统帅，他却看不到这些优势，草率地结束自己波澜壮阔的一生，把帝位拱手让给刘邦，把自己的失败写进史书，留给后人的只有一声声的感叹！他把勇气用错了地方，一失足成千古恨！不知他在自刎前是否想过"只不过是从头再来"的无限希望？他的勇，只是匹夫之勇，绝非大智大勇。

逞匹夫之勇者，为莽夫；只有能正确运用勇气者，方堪称勇士！

勇气无须刻意培养，它是我们的本能，等着你用正确的三观去激发。

滚滚长江东逝水！放眼历史，英雄已远去。我再次把目光投向自己的人生路，细品五味人生。当年，我毅然走上文学创作之路，无疑是一场孤注一掷的豪赌，当中的辛酸苦楚应验了一句俗话"如人饮水，冷暖自知"。多年的筚路蓝缕，我历历在目——选择出路的迷茫，父母的误解，旁人的冷眼，内心的压力……这些横亘在我面前的大山，在我倍增的勇气面前一一土崩瓦解。多年的光阴将我从一个落魄青年锤炼成一位斗士。

三

实力指真实拥有的力量。它分为硬实力和软实力。硬实力是有形的，软实力则是无形的。

实力，是一个人乃至一个国家生存乃至成功的本钱。

实力有多强，舞台就有多大，说话的分量就有多重。家是最小国，国是千万家。因此，不论是个人还是国家，只有拥有强大的实力才能赢得尊重。

没有实力的人会在生活中时时处处饱受凌辱，在社会中毫无立足之地，霸凌者总是拿他们来取笑作乐。久而久之，他们的自信心就会受到严重的摧残，在生活中会缩手缩脚，纵然有才华也难以施展，因此很容易被生活抛弃。

有实力的人必然会在社会中赢得尊重，而且实力越强受到的尊重程度就越高。人都有被人尊重的需要。因实力强大而受到广泛尊重的人由于占据多方面的有利条件，故他们为人处世的自信心会比一般人强很多。由于这些人顾虑少，从而能在人生舞台上淋漓尽致地的施展拳脚。

没有实力的国家必定会饱受凌辱，在国际上毫无尊严。一百多年前的中国由于清政府的腐败无能，被西方列强用坚船利炮轰开国门，被迫签订了一系列丧权辱国的不平等条约，沦为一个没有尊严、没有地位的半殖民地半封建国家。此后，这个文明古国多次遭到外敌蹂躏，以致山河破碎，民不聊生。圆明园的残垣断壁是英法联军野兽行径的可耻印记；南京城 30 万同胞的尸山血海是侵华日军灭绝人性的滔天罪行的有力罪证！"柿子专拣软的捏"是亘古不变的真理。一旦国力衰弱，可就不是受欺负这么简单了。亡国灭种的灾难随时都会降临在弱国头上。

一个有实力的国家，与之建交的国家数量较多，建交的质量较好，在多边合作舞台上说话的分量较重。中国自共产党执政后，经过多年的建设，特别是历经改革开放 40 年的迅猛发展，国力大增，逐渐成为国际舞台上不可忽视的力量。强大的综合国力让中国有能力承办各种世界性的盛会。北京奥运会、上海世博会、广州亚运会、G20 杭州峰会等一系列国际盛会的成功举办让中国的国际地位节节攀升，也让中国人民扬眉吐气。军事实力的增强让对中国垂涎

三尺的外敌不敢觊觎这头东方雄狮的一根毫毛。辽宁舰、东风导弹、歼20战机等一批先进武器装备的服役让中国的国家安全防线固若金汤！这一切都足以证明——对于一个国家来说，只有实力强才是硬道理！

发展实力的终极目的不仅仅是为了"强己"，还应"利他"。人如此，国亦是。中国在不断发展壮大自身国力的同时，顺应世界多极化、经济全球化、文化多样化、社会信息化的潮流，秉持互利共赢的原则，提出共建"一带一路"倡议，在力所能及的范围内承担更多的责任和义务，为人类的和平发展做出应有的贡献，同时推动构建"人类命运共同体"，在追求本国利益的同时兼顾他国利益，在谋求本国发展的前提下促进各国共同发展。中国的一举一措无不彰显着强己不忘利他的仗义精神。

古人云：得道者多助，失道者寡助。无论是个人还是国家，恃强凌弱只会让自己声名狼藉，而强己不忘利他则会让自己朋友遍天下。

发展实力需要不懈的坚持，尤其需要抵御各种不利因素的干扰。在韬光养晦的时期，也许你会受到孤独的侵蚀和旁人的冷眼，然而，这些都只是你修炼实力道路上的小坑小洼。只要跨过一道道障碍，便离终点近了一步，用强大的意志走下去总有到达终点的时刻。"高筑墙，广积粮，缓称王"是实力积累的真谛。积累实力的过程就像种花一样，被埋在泥土里的种子只有经过一段时间的蛰伏才会破土而出；积累实力的过程又像典故中那只为积攒能量而长期萎靡不振的大鸟那样，它为了最终能穿空裂云、一展雄姿而"三年不飞，三年不鸣"，在这期间，人们都以为它是只笨鸟。然而，待到它"一飞冲天，一鸣惊人"时就势不可当了！

光阴在时钟的滴答声中悄然流逝，我的实力也随着年龄的增长而愈发强大。几年前，我带着青葱稚气纵身一跃，投身文学的瀚海。那时，文笔稚嫩的我感到前路迷雾重重。投稿石沉大海是常事，忍受别人的冷嘲热讽是常事，泪水与欢笑交织是常事……然而，纵使泪迹斑斑，我仍咬牙坚持。先哲有言：皇天不负有心人！经过几年磨剑，我终于锋芒初露——已在某官方杂志上发表了多篇文学作品。

我在人生的十字路口上仰望万里长空，剑指苍穹，喊出"学不成名誓不还"的铮铮誓言，一脚踏上"妙手著文章"的文学创作路。一路上，风雨交加，电闪雷鸣，关山重重。前方，敌军成群，胡马嘶鸣，风尘滚滚，大有"黑云压城城欲摧"之势，但我铭记：我是个斗士！我手中的利剑叫"实力"！

如今，历经战火的洗礼，利剑被我锻造得更加锋利，筑梦的脚步也愈发坚定有力！

光阴在键盘的敲击声中渐行渐远。我倦意渐浓，只好依依不舍地合上书本，关闭电脑，轻啜香茗，任由一股股芬芳的热气缓缓地升腾。

前面是绝路，希望在转角。努力一旦受到限制就要马上变通，如果无法变通，就必须转行。

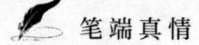

做命运的征服者

人生就像一部戏。每个人都是自己戏中的主角，命运就是这部戏的导演。在这部关于奋斗的戏中，这位不近人情的导演会突如其来地给主角安排一出出恶作剧——苦难。

在苦难面前，有人选择跪地求饶，甘愿做命运的奴才；有人却选择奋起反抗，拼尽全力去逆天改命，让命运屈服于自己。判若云泥的人生选择描绘出的必定是截然不同的人生画卷。

我国的时代楷模张海迪 5 岁时患脊髓病，高位截瘫。从那时起，她就开始了传奇的人生。她无法上学，便在家自学完中学课程。15 岁时她到农村给孩子当起教书先生，在此期间自学针灸等医术为乡亲们无偿治疗。后来，张海迪还自学多门外语，也曾当过无线电修理工。她硬是凭着自强不息的精神奋斗成了一位作家，并担任中国残联主席一职。在残酷的命运面前，张海迪没有沮丧和沉沦，她用执着的信念、顽强的毅力和坚韧的意志与苦难抗争，和命运搏斗，在人生的画卷中画出一道道绚丽的风景。

只要活着，我们就要以强者的姿态征服命运！

美国著名作家、教育家海伦·凯勒在 19 岁时双目失明，从此黑暗便伴随着她，同时，她还患有聋哑之疾，可谓是祸不单行。然而，她不屈不挠地与命运抗争，以惊人的毅力学完从小学到大学的全部课程，通晓 5 国语言，出版 14 部著作，其中部分著作被译成 50 余种文字，风靡全球。她于 1965 年被评为"世界十大女性"之一。她的一生，堪称斗士的一生、辉煌的一生、传奇的一生！因为她战胜了苦难的命运。

只要活着，我们就要以勇者的气概征服命运！

英国著名物理学家霍金在 21 岁时患上了绝症。后来，他因患肺炎做了穿气管手术而彻底失去了说话的能力。面对病魔，霍金始终不屈不挠地向命运挑战，支撑着残躯艰难地写出了科学巨著《时间简史》，还提出了一系列划时代的科学理论，被人们称为"宇宙之王"，成为彪炳千秋的科学巨匠。他用无与伦比的意志和毅力征服了苦难的命运，一任灵动的思绪穿梭于无垠的宇宙中。他死死地扼住了命运的咽喉，谱写了壮丽的人生诗篇！

只要活着，我们就要以王者的血性征服命运！

苦难像弹簧——你弱它就强，你强它就弱！当我们把苦难压得喘不过气来时，它自然会乖乖地向我们屈膝投降。否则，它会把我们折磨得遍体鳞伤。

在斗士面前，一切命运强加在我们身上的苦难都是纸老虎。信念、毅力和意志是我们征服命运的法宝。当苦难不期而至时，我们的信念会牵引着我们忍痛攀登，我们的毅力会催促着我们迎难而上，我们的意志会推动着我们勇往直前！

命运就如变幻莫测的天气。风和日丽时，我们无忧无虑，快意逍遥，一股指点江山、激扬文字的英雄气概会情不自禁地从胸中喷涌而出；当狂风骤雨袭来时，我们浑身湿透、瑟瑟发抖，惆怅失落之感会油然而生。此时，我们是选择做人皆鄙夷的懦夫还是想做万人敬仰的勇士？只有懦夫才会在风雨欺凌中哭爹喊娘、怨天尤人，怯然退缩！如果我们希望被贴上"勇士"的标签，就必须风雨兼程地奔赴远方。在那里，灿烂的花海等待着我们去拥抱，温暖的阳光等待着我们去沐浴！

　　人生就如一场充满变数的足球赛，我们的对手是命运。在比赛的过程中，我们应当拷问自己："拼抢受伤后有没有忍痛奔跑、浴血奋战？是否做到不遗余力地攻击命运把守的大门？"如果答案是肯定的，那么我们在终场哨吹响的那一刻就可以问心无愧地结束比赛了；如果答案是否定的，那么我们就应该无视"伤员"的标签，在终场哨吹响前抓紧时间，不惜代价地拼抢，奋不顾身地拼搏，去创造进球的黄金一刻！在那一刻，如雷贯耳的掌声和排山倒海的欢呼声在迎接着我们！

　　有容德乃大，无欺心自安。只要活着，我们就要做命运的征服者！生，应如夏花般绚烂；活，当似壮士般铁血！

谈立品

近日，我抽暇读了《姚明的故事》一书，受益匪浅。这是一本励志性读物，它以深入浅出的故事、翔实生动的例子讲述了姚明如何从普通儿童成长为传奇篮球巨星。

其中，令我回味无穷的，是第一章《闪光的青春》里的《童年时光》一节中的一段文字：

"虽然是家中独子，但姚明并没有受到一味地溺爱。从小时候起，父母就注意帮助他养成好的习惯，希望把姚明培养成一个对国家和社会有用的人。所以，姚明从小就乐于助人，经常帮叔叔阿姨们做一些力所能及的家务活。"

这段文字虽然很普通，但却令我深思良久。我不由得给姚明父母培养孩子的方式点赞。这里所说的"好的习惯"实质是"好的品格"。的确，任何品格的培养都要从娃娃抓起。培养孩子品格就仿若建大厦，基础打得好，大厦饱经风吹雨打仍屹立不倒；基础打不好，大厦稍遭日晒雨淋便轰然倒塌。正是因为姚明父母的正确引导，才使得他在成名之后仍保持闪光的品格。

一个人，在其诸多的亮点之中，品格当放首位。品格是一个人在社会上最重要的标签，是一个人在社会上能否站得稳脚跟的先决条件。如果一个人的品格优良，有朝一日他成功了，就是实至名归；如果一个人的品格有问题，那么纵使他荣誉满载，也会是一个万人唾弃的败类。

拥有优良品格的成功人士比比皆是。

我国的导弹之父钱学森从小便在父母的正确引导下形成了优良的品格。他在美国留学工作多年，享誉美国科学界。在新中国成立后，他胸怀报国志，果断放弃在美国的优厚待遇，毅然踏上归途，历尽千难万险回到祖国的怀抱，为我国的"两弹一星"事业鞠躬尽瘁，实在是可歌可泣！

我国的"共和国勋章"获得者、著名呼吸道专家钟南山从小便在父母的培养下成为一个品格优良的人。他在 2003 年"非典型肺炎"和 2020 年"新型冠状病毒性肺炎"疫情肆虐其间，不顾个人生命安危，主动请缨去灾区指导抗疫工作，为遏制疫情的扩散起到了至关重要的作用，的确是感人至深！

如果一个人拥有良好的品格，别人就会对他产生好感，就会乐意与他交往。友谊的种子就这样渐渐萌芽了。久而久之，别人信任他了，就有可能与他合作共事。这样，他就拥有了成功的开端。

俗话说：父母是孩子的第一任老师。父母对孩子一生的影响是决定性的。很多父母注意对孩子品格的培养。比如，孩子与长辈见面时，家长会引导孩子说声"叔叔好"或者"阿姨好"。孩子与长辈告别时，家长会提示孩子说声"叔叔再见"或者"阿姨再见"，这是在培养孩子讲礼貌的品格。再如，在少长咸集的饭桌上，家长通常会要求孩子务必按辈分为在座诸位盛饭盛菜，孩子吃饱了，还要恭敬地对大家说一声"我吃饱了，大家慢慢吃！"这是在培养孩子懂礼仪的品质。此外，还有不少父母要求孩子帮家庭分担一些力所能及的家务活，这是在培养孩子爱劳动、肯担当的品格。

这些孩子是幸运的。因为他们从小就在父母的熏陶下，系好了人生第一颗扣子——立品，这是他们在成长中收获的一笔最宝贵的财富。因为，这些金子般的品格将会伴随他们一生，为他们日后能成为受欢迎的、成功的人攒足了筹码。

但也有些父母对孩子过分溺爱，忽略了对其品格的培养。例如，对孩子的要求百依百顺，对孩子该承担的劳动包办代替，甚至任由孩子堂而皇之地当着"饭来张口，衣来伸手"的小皇帝，而自己甘愿为孩子做牛做马……

这样的家长对孩子的成长是极其不负责的。孩子在呱呱坠地之时就如同一张白纸，父母在上面涂上什么色彩，它就呈现什么色彩。家长对孩子娇生惯养的培养方式不利于孩子优良品格的形成。在这种环境中成长的孩子，就像一棵先天不足的树苗，即使最终能够长高也必定歪歪扭扭。他们的灵魂是干涸的，没有被照进高尚品格的光华；他们的脊梁是干瘪的，没有被注入崇高品格的钙质。在日后的成长中，他们有可能会染上恶习，被人嗤之以鼻，甚至有可能会身陷牢狱，最终身败名裂。这样的结局无疑是可悲的。

可见，"做人先立品"是人生于世必须恪守的信条。试想，如果全社会的家长都能像姚明父母那样从孩子小时候起就注重对其品格的培养，那么我们的社会就将会涌现出无数的好人，从而变得更文明、更和谐、更繁荣！

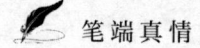

幸福是什么

幸福是什么？

儿童会说："幸福就是在周末父母带自己去吃一顿肯德基，在美味中大快朵颐。"青年人会说："幸福就是在一个霞光满天、凉风习习的傍晚和恋人在公园的石凳上卿卿我我，说说笑笑。"中年人会说："幸福就是能在事业上大展宏图，名扬四海，财运亨通。"老年人会说："幸福就是清晨在朝阳的照拂下和朋友们下下棋，练练太极，谈国论家，享受儿孙绕膝之乐。"

幸福无处不有，无时不在，形态万千。每个人的幸福观不同，对幸福的定义也不同。其实，世界上任何一件合法依规的事做起来都可以是一种幸福。只要那是你想做的、喜欢做的，你就能从中感受到快乐，幸福感就会油然而生。

心情烦躁时，练书法是最好的心灵镇静剂。打开字帖，备好笔墨，铺开宣纸，一段美好的书法时光就此开启。你大可不必全帖或全页临摹个遍，只需选择一个最想练习的基本笔画一遍、两遍、三遍……数十遍，乃至数百遍地反复临摹，一直练到完美无瑕为止。追求复印般的极致效果的过程会让你的意志和毅力得到锻炼。不知不觉间，几个小时眨眼而过。在这个过程中，你所有的闲思杂念都会随着墨线的流动，在每一个屏息和每一次凝神之间悄然消失，直至心明神宁，进入宁静致远的境界。

练书法既可提高技艺，又可养心安神，何其幸福！

百无聊赖时，看新闻是汲取精神养分的好方法。在看军事新闻的过程中，你可以了解我国日益强大的国防建设，自豪感油然而生；你会穿过历史烟云，抚今追昔，驻足百年前的破碎河山，痛忆国之奇耻，回首峥嵘岁月，在今昔对比中深刻体悟"实力强就是硬道理"这个道理。这时，你定会精神抖擞，更加坚定"愿得此身长报国"的决心。在看体育新闻的过程中，你会为各国的运动健儿精彩绝伦的表现而心潮澎湃，尤其是当目睹我国的运动健儿站在冠军领奖台上深情地凝望着五星红旗冉冉升起，动情地唱着国歌，享受着全场观众的欢呼和喝彩之时，你定然也会泪眼盈盈、豪情万丈，心中涌起"誓要击楫中流，顶天立地"的波澜。在看社会新闻的过程中，你可以饱览人生百态，感受真善美的温情，鞭挞假恶丑的冷酷。炎凉的世态定然会让你深思如何在社会这大染缸里独善其身。诚然，在这个处处弱肉强食的社会大环境中，自我强大是我们独善其身的不二之选，同时，遍洒雨露、匡扶正义也是我们应尽的义务，因为"只要人人都献出一点爱，世界就会变成美好的人间"。在这个鱼龙混杂、泥沙俱下的社会环境中，"穷则独善其身，达则兼济天下"的济世情怀应成为每个人的最高理想。

看新闻既可体察社会，又可胸怀家国，何其幸福！

心如止水时，自我思考是最好的心灵洗涤剂。沉醉在自我的世界中，纷繁多变的世界，光怪陆离的生活现象会变得那么富含哲理，引人深思，耐人寻味。在记忆深处，心爱女孩的一蹙眉、一浅笑，会让你久久回味，反复咀嚼而甜蜜无限；父亲的驼背，母亲脸上的皱纹会让你感叹"岁月催人老，此刻当珍惜"；孩子天真无邪的微笑脸庞，老人饱经风霜的慈祥面容，会让你感受到这个世界还是一如既往的美好。自我思考，能有效观照自我，明察自己的是非得失，让自己的心魔在"良知"这面照妖镜下无所遁形，让自己的过错在理性的抽丝剥茧下暴露无遗。论语有云："吾日三省吾身：为人谋而不忠乎，与朋友交而不信乎，传不习乎？"可以说，自我思考是自我革新之前不可或缺的核心程序。自我思考，还能让充满尘垢的心灵在每一次感受世界之大、欣赏世界之美中得以返璞归真，纯净如初。古代僧人神秀曾言："身是菩提树，心如明镜台。时时勤拂拭，勿使惹尘埃。"可见，只有勤于反思，及时除掉心尘，心灵才能保持澄明透亮的状态。

勤思考既可发现美好，又可反省纠错，何其幸福！

生活中，幸福一直围绕在你身边。孤独无依时，听首歌是一种幸福；热血沸腾时，打场球是一种幸福；口干舌燥时，喝口水是一种幸福；饥肠辘辘时，吃碗面是一种幸福；悲伤失落时，一觉睡到天大亮也是一种幸福。

幸福是一种愉悦的感觉，它无须刻意去追寻，也无须着意去酝酿。它只需听从心的调遣，随心而动，由心而发。是的，当你做着喜欢的事，感觉到无比的愉悦，幸福就已经降临到你的身上，让你在心旷神怡中尽享人生的浪漫情调。

天不言而四时行，地不语而百物生。人生实在很宝贵，做喜欢的事是一种莫大的幸福。

小店暖流

"快八点啦"，我高喊一声，急匆匆地骑自行车出门。

这些年来，我总是在上午八时左右到陈老师的小店来学习。陈老师是重点中学退休的语文高级教师。他不仅教学成绩斐然，而且写作出色，文章常常发表在各类刊物上。我在毕业之后全力以赴地追逐作家梦。在机缘巧合之下，我有幸被他收为学生，向他学习文学创作知识。

这家小店是陈老师在数年前开的。平时，店里人迹罕至，生意也不太繁忙。这对我来说是求之不得的学习机会。我常常在前一天的晚上把疑难知识点画出来，打上问号，然后次日准时到他的店里求解，或是把写好的作品拿到店里让他修改。每一回，他都是有问必答，绝不敷衍，绝不糊弄。每逢遇到不懂的字词，他都是马上查字典了解清楚后再告诉我。他在为我修改文章的过程中一个标点也不放过。在他的处世信条中，永远都是"没有最好，只有更好"！我的文章哪怕写得再出彩，在他的口中也都是"还有很大的提升空间"，弄得向来死要面子的我往往一脸沮丧。不过，失望归失望，我深谙他的良苦用心——高标准，严要求，才能出精品。当我写出高质量的作品时，他会掩饰不住内心的喜悦为我点赞；反之，他会一针见血地直戳不足之处。有时候，很多修改意见扑面而来，原本自信满满的我难以承受如此大的落差。于是，我的脑袋不争气地坠了下来，如同枯萎的花朵一样。他看到我垂头丧气的模样，话锋一转，一句"没关系，你还是挺有潜力的"，瞬间扭转局面——及时止住了我颓丧情绪发酵的势头，随即他又中肯地点评文中为数不多的亮点，让我在失望中窥见希望之光。"世间始终你好"，我油然感叹。

在我未知的逐梦征程上，他严慈并济，犹如明亮的灯盏照亮我的前路！

来店求学，我永远享受着如贵宾般的礼遇——每次进店，陈老师总是热情地为我泡茶，而且每次都笑容可掬地把它捧到我手中。有一次，我刚进店坐下，他又是惯常地泡茶。不过这次——"咦，好精致的茶杯呀"，我仔细一看，他手上的那只茶杯的杯壁雕龙画凤，画风古典优雅，定然价值不菲！顷刻间，一股暖流涌入我心房，陡然感觉眼前的老者是那么可爱可敬，"陈老师，您这是……这是……这是对我的勉励吗？"我瞬间泪崩，感动得语无伦次。他微微点头："这是我专门为你买的，方便耐用，雅致高贵，它与你这样纯洁朴实、志存高远的读书人正好般配！"那一刻，我怔怔地望着眼前这位贴心的老人，一时竟不知该如何回话。

陈老师学优品更高。在他的店中，在与他一起的时光里，我的心里总会感到暖流激荡。

古语云：恩德相结者，谓之知己；腹心相照者，谓之知心。通常，在店里授课的间隙，他总会滔滔不绝地向我讲授许多人生哲理和处世法则。"或许，世人都很保守、自私"，每当我看到炎凉薄情的交往情景时，常无奈地默然感慨；但在陈老师的店里，在和他一起的时光里，我只感受到暖意融融的真善美。

时光一晃就是七年。如今，我在文学事业上小有成绩，在为人处世方面也日益成熟。我知道，这股暖流还会继续倾注我的心房；这间小店，还没有对我说再见。只可惜，任何旅程都有终点。

此生能与这样的良师结缘，何其幸哉！时光老人啊，你能把脚步放慢一些吗？

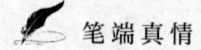

何时起步都不晚

从小到大，我经常看见一句格言出现在各类书籍里——有梦想，何时起步都不晚！我认为，这句格言说得太好了，太励志了！因为，我就是它的受益者。

在整个求学生涯里，我敏感的心灵都在人际关系的漩涡里挣扎。在校园里，复杂的人际关系把我折磨得身心俱疲。因此，我抽不出太多的精力来清晰明朗地构筑自己的梦想。所幸的是，在毕业后我终于得以挣脱痛苦的精神枷锁，从而有了充裕的时间来谋划未来——我考虑再三，决定把自己的一生献给文学创作事业。

然而，对于这个在别人眼中怎么看都像是"离经叛道"的决定，遭到身边人的反对。他们的脑海里弹出无数个问号——搞文学创作是一项难度极高的工作，对于我这样一个并非中文系科班出身且在青少年时期从没展现出文学创作才华的人来说，做出这样"异想天开"的决定岂不是有如痴人说梦？我这样的人能行吗？毕竟，这可不是小孩子玩过家家游戏呀！这是一锤定音的人生选择哪！倘若一着不慎就会满盘皆输啊！

不管外界反应如何，我始终"立定中宫炮"！因为，在这世上最了解我的人是我自己。早在孩提时代，我就对语言文字有着超乎同龄人的敏感。三岁时，我在公园里指着石椅上的字问外公怎么读，他告诉了我。回到家后，我要了一张纸提起笔来默写这几个字，结果准确无误。在这不久后，我先后阅读了《社会公德四字歌》《新三字经》《幼学琼林》等读物并在较短的时间里熟练背诵下来。紧接着，我迷上了抄唐诗，读唐诗，背唐诗……与我同龄的孩子大多都在天真地玩耍、嬉戏和打闹，而我则无比享受地沉浸在文学世界里，快意极了！

求学时代，在大大小小的考试中，我的语文成绩经常在班上甚至年级中名列前茅。作为男生，我对语文的悟性毫不逊色于文科班上的女学霸。这是我一直以来最引以为傲、至今仍津津乐道的一段人生经历，也是我选择以文为生的资本和底气。

我在结束校园生活后曾因一些生活际遇而在迷茫中虚度了几年，等到做出"为文学创作事业奋斗终生"这个最终决定时，我已经是二十多岁的大龄青年了。我很清楚，一批作家在这个年纪早已声名远播，而没有尝试过写作的我，却在这时选择半路出家。"能行吗？"我也曾反复问自己。但正如别人所言：自己选择的路，跪着也要把它走完！我决定对自己的选择负责。

于是，我买了大堆大堆的文学创作工具书、文集和笔记本，一边学习文学创作技巧，一边积累好词佳句，一边模仿别人的语言风格。刚开始时，我的文笔非常稚嫩，逻辑比较混乱，有时候甚至文不对题……总而言之，新手会犯的毛病我都犯了。令我感到欣喜的是，经过日复一日、持之以恒的训练，我的文笔日趋老练，投稿的成功率也越来越高。文章从发表在本市的《浍江文艺》，到发表在邻县的《云安文艺》，再到发表在跨地区的《砚都文艺》《千层峰》《信宜文艺》，接着到发表在珠江三角洲地区的《禅城文艺》和《深圳文学》……我拾级而上，一字一词一句地写出我的天地。所

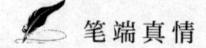

幸的是，成功之神并没有亏待我，她一次又一次地激射出胜利之光把我沐浴，似乎是在无声地鼓励我："努力吧！你的未来必定辉煌无限！"

到现在，我已笔耕七年。尽管这一路上磕磕碰碰、跌跌撞撞，却也佳作频现，时有惊喜。每当看到自己的稿件变成铅字的时候，我就会清晰地意识到离梦之终点又近了一步！在这起步稍晚的筑梦征途上，有甘有苦，有晴有雨，有光有影，有笑有泪，然而，不管这一路上如何曲折泥泞，也不管它怎样波澜起伏，我都不曾停驻过半刻，更未退缩过半步！因为，这是我的梦。它只属于我自己，无关他人！在为梦奔走的过程中，我肆意地享受着每一次自我超越的成就感！我始终坚信梦的终点一定会是一片绚烂的花海——在那芳香迷人的一方天地里，花儿含情脉脉地朝我绽放笑脸，蝶儿翩翩起舞，对我热烈欢迎！

古人云：世事洞明皆学问，人情练达即文章。岁月能斑驳我的容颜，却不能苍老我那如斗士般的心！我笃信永恒，笃信在滚滚向前的时光洪流里，我会一直是所向披靡的追梦青年！

时光荏苒，我将永远笃信并践行被自己奉为人生信条的格言——有梦想，何时起步都不晚！

以文为乐

今天，我收到了期盼已久的《云安文艺》杂志，迫不及待地翻开，我的两篇文章赫然在列，且其中一篇还登上了"语丝"版。"太好了，入选啦！"我目不转睛地凝视着来之不易的创作成果，心里比喝了蜂蜜还甜。

我是一位文学创作者，正在为作家梦风雨兼程地奔走。时光如流水，转眼间，我在这条崎岖不平的道路上已跋涉了七年，七年的岁月如白驹过隙般从我的指缝匆匆溜过。我想留住为作家梦前行的每个瞬间，想好好回味每一段为作家梦全力以赴的时空剪影，想把那些努力拥抱太阳的日子定格。然而，匆匆前行的时间老人从没为我驻足过。这一路上，我在坚持不懈中尝尽了酸甜苦辣。悲喜交加如同乘坐过山车般起伏交替，循环往复。这五味杂陈的心路历程只可意会，不可言传。倘若非要用一个词来形容自己的感受，那就是梦想成真。

说实话，在从业之初我完全想不到这是一条就像为我"量身定做"的道路。至于自己究竟有没有文学创作天赋，我不得而知。我只知道我对文学创作有着几近偏执的热爱，也为之洒下了无数的血汗。一路上，那始终如一的努力是我为梦想奋斗的主旋律。

我属于零基础入行。那时，为了打牢基础，我买了一大堆书，

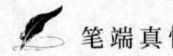

看了一本又一本。可以这么说，除了吃喝拉撒，其余时间我都浸在书海里。在书海里泛舟，我觉得时间过得很快。从下午至深夜好像就是一眨眼的工夫，看书的兴致正浓时，睡意就在不经意间突袭而至。我立刻采取措施——用冷水洗脸。就这样，困了就洗，又困了再洗，在阅读中务必要保持饱满的精神状态。这是我在挑灯夜读时对抗睡意的法宝。古有囊萤映雪，今有冷水洗脸，我竟与古人异曲同工了！在长时间的阅读中，被蚊叮虫咬是再正常不过的事。为了在阅读中保持灵敏的触觉，我强行凝神，调动意志力对蚊虫的骚扰置之不理，时刻保持注意力"在线"的状态。不过这样做的结果是当夜读结束，手脚竟密密麻麻地耸起了一座座"小山包"，奇痒难忍——被蚊虫叮咬了。就这样，我日复一日地与星月为伴，在许久之后终于写成了第一篇作品。那时的我，书虽然读得很多，但创作量却寥若晨星，投稿也总是如泥牛入海。可贵的是，我仍矢志不移地迎难而上，一根筋地努力，努力，再努力！

如今，我回忆起这段时光，竟被当初的自己所感动，被自己初生牛犊不怕虎屡败屡战的勇气所感动，被自己在黑夜里摸着石头过河，在前途未卜的境况下一直"在线"的努力所感动。那时，我虽未尝胜果，却定下了追梦的基调——努力。我在努力中洞察到自己内心的强大，这也是一种值得自豪的收获。因为，足够强大的内心的确是我一路坚持、从不放弃的强劲推力。

渐渐地，我的知识量与日俱增，于是便开始做读书笔记，我把在阅读中发现的一切好词佳句、哲理名言等有价值的内容统统收录进笔记本中，每隔一段时间就翻开来背诵。本子上的每一页都抄满了密密麻麻的词句。一个词语，哪怕是只有两个字构成的词语，我也至少背诵几十遍，多则数百遍，且常常是通宵达旦地背。吃饭后在背，睡觉前在背，健身时在背……这些分量十足的精神食粮给了我无穷的乐趣，我感觉每个词语都魅力十足。在背词的过程中，我的每一个细胞都在亢奋地宣泄着求知的快乐与激情！这种由心而发的精神愉悦感是任何价值连城的金银珠宝都无法比拟的。我昼夜不停地疯狂背词，享受其中，丝毫不觉苦和累。

渐渐地，我的创作数量多了起来，投稿的成功率也大幅上升，作品在众多刊物上发表，其中最骄人的战绩莫过于连续两期入选《云安文艺》"语丝"版。每当我凝视着寄来的一大堆样刊时，内心无比欣喜，更觉世道公平。不是吗？一分耕耘，一分收获呀！

古诗曰：迟日江山丽，春风花草香。历经多年的努力，如今我具备了可以挥笔成文的能力，投稿也基本上是屡投屡成。我深知，这是努力的回报。我的亲身经历验证了一条名言：老天对谁都是公平的，所有梦想，都已暗中标好了价码！在世上，熠熠闪光的成功者比比皆是，当我们聚焦于他们光鲜亮丽的外在形象时，请不要忽视他们背后的努力。又有谁能否认，他们头上的光环不是用无数血泪幻化而成的呢？是的，在奋斗的征途上，努力是到达终点的唯一方式。

对于初摘星辰的我而言，现在逐梦之旅才刚刚开始。我要做的是永无休止地努力！在浩瀚的宇宙中永远有更闪亮的星星在向我招手；因为，努力的人，时光从不辜负！

关爱是光

大清早醒来便收到师公发来的微信："麟，你要勤奋练武啊，千万别三天打鱼，两天晒网呀！"我注视着屏幕，顿觉心中暖意绵绵……

这样的微信我已经记不清收到过多少次了，每次收到它时，我都会感觉爱意融融，就如阳光沐浴灵魂般温暖。我总会迫不及待地把它们收藏起来。可以想到的是，在未来的某一天，当我身处他乡无人关切时，翻出来看看，仍会被师公那份暖心的关爱所感动。

发自心底的关爱往往能穿越时空，直达心灵最柔软处，给人送来温暖。

师公的笑容时常浮现在我的脑海中。他的举手投足很得体；他每一次出现在我眼前都是那么慈眉善目，和蔼的微笑总在他的脸上荡漾着，让我倍感温暖。在茫茫人海中，我和他相识相知一场，上天赐我的这份礼物实在太珍贵！也许，与他结缘是我前世修来的福分。每次与他相处时，我都会感到光阴易逝。因为，和他在一起的时光里，我根本寻不到烦恼的踪迹。

两年前，师公接棒师父授我武艺。在武林中，他是个令对手闻风丧胆的人物。能与这种级别的武林前辈结缘，我甚是幸福。于我而言，他就如同光芒万丈的太阳一样温暖心房。两年来，我一直沐浴在他"关爱"的阳光下，蓬勃生长。

一直以来，欲师从他者甚多。为了能成为他的门徒，许多人绞尽脑汁，煞费苦心。有的人不远千里从大城市赶来，愿意支付比武林同行昂贵好几倍的学费，还把一箱一箱的厚礼往他家里塞，渴望师公收之为徒；有的人从少林寺学成回来仍要拜他为师；有的人是武林中成名已久的高手，仍时常恭恭敬敬地求他点拨一二……多数情况下，他都婉言谢绝。他家里的琐事繁多，很多东西都得劳烦他亲自摆弄。平日里，终日劳碌的他往往连抽根烟的时间都腾不出来，更别提授武了。然而，对于我这个年纪尚轻的"菜鸟"，他却给我"特殊待遇"——不仅学费全免，而且无论是刮风下雨，还是烈日暴晒，甚至抱病在身，他都亲自开车按时来到我家授武。

在训练中，动作上的丝毫瑕疵都难逃师公的"鹰眼"。他是个完美主义者。在我练习虎爪时哪怕有一根手指绷得不够紧，他都会立即喊停，随即把我的手指掰正，亲自示范标准动作，并让我依样固定手型长达半小时，他则在旁边认真监督。若我稍有差池，就得延时练习。在师公的训练课中，一个简单的动作都能把我折腾得肌肉发麻。在每次指导中，他都倾注了十二分的热情和百分之二百的心血。他把言传与身教相结合，似乎有用不完的精力，一教就是一下午，直到夜幕降临，华灯初上时，直到大汗淋漓，气喘吁吁时才依依不舍地离开。临走前，他总不忘苦口婆心地嘱咐我："麟，你一定要努力练功啊！年轻不练功，老来一场空呀！"凝望着他远去的背影，我暗自庆幸：能有这样暖心、慈爱、负责任的师公，这辈子总算没白活！所谓严师出高徒，他的良苦用心我怎会不理解——他之所以如此用心培养，是希望我变得更优秀，更出色。这种负责

任的态度理应有个暖心的别称——关爱。"对于师公这份拳拳真情，我只有在人海中出类拔萃才能不负所爱，除此别无选择。"无论何时，我都这样提醒自己。

训练课上，师公对我很体贴。每当我练到精疲力竭的时候，他都示意我歇一歇，并亲自给我泡上一杯杯香浓的热茶，我受宠若惊，连忙说："使不得！使不得！您的大礼晚辈可受不起呀！"师公微微一笑："这是我对你勤奋的嘉奖呀！趁热喝了吧！"有时候他目睹我汗如雨下，便把毛巾递到我手上："来，擦擦吧！你看你，浑身都是汗，可别感冒呀！"素来只有父母才会对我这样体贴入微。如今，我有幸遇上了一位对我这样关怀备至的长者。不得不说，我真的是太幸福了！

师公的关爱让我的生命之火越烧越旺。平时，我三天两头便会收到他的微信，其中的内容无非是对我的督促与关爱，言辞虽朴实，却饱含真情。每次阅读后，我总会想起王勃那句"海内存知己，天涯若比邻"。是呀，像师公这样知己般的良师，或许此生只能遇到一个。"麟，你一定要好好珍惜啊，一旦过了这个村，便再也找不到这个店了。"我时常这样反反复复提醒自己。

所谓关爱，就是一片叶子摇动另一片叶子，一棵树撼动另一棵树，一个火炬点燃另一个火炬。古人云：滴水之恩，当以涌泉相报。出于对师公的恩情，我用没日没夜地练武来报答。无论是风雨来袭，还是艳阳高照，管它红尘喧嚣，管它世事纷纭，只要天地还在，只要一息尚存，我都狂练不止，不管师公在场与否。自律是一个人通往成功殿堂的阶梯，说起来容易，但要真真正正把它践行好，又很考验奋斗者的意志和毅力。幸好，我一直都咬牙坚持，只为感恩。

最终，我如愿摘到了梦想王国的星辰，用硕果报答了师公的栽培之恩——在武术大赛上把两枚奖牌收入囊中。

犹记得，在一个花香馥郁的静夜，我给师公发微信："您的关爱照亮我前行的路，感谢您进入我的生命中，成为永恒的怀恋！"

古人云：落其实者思其树，饮其流者怀其源。关爱是光，照亮前行的路。人生苦短，良师难求。我唯有倍加珍惜时光才对得起命运的恩赐！

随心去生活

　　歌曲《海阔天空》里有句歌词："原谅我这一生不羁放纵爱自由。"所谓"不羁放纵爱自由"其实就是一种在遵纪守法的前提下随心去生活、充分享受生活乐趣的人生态度。

　　随心所欲是每个人都心之所向的生活状态。我们能来这世上走一遭已是不易，怎奈时光却又如滔滔急流般一去不复返。对此，我们除却无奈地叹息又能怎样？的确，从呱呱坠地的那一刻起，我们就如同飞驰的高速列车般从黑暗出发，一路疾驰，驶过艳阳高照，也驶过月冷星瑟；驶过崇山峻岭，也驶过辽阔平原；驶过融融暖意，也驶过漠漠寒霜。在风雨交加中，在光影变换间，这辆沉重的列车碾遍千般世态，穿透万种风情。可惜的是，时间一到，它就戛然而止，进站报废，回归起点。

　　任凭我们如何千百般苦苦哀求上苍多赏赐半秒，哪怕只有半秒，等来的都是他那绝情的否决！他把这饱经风霜的列车永远化作锈铜烂铁，沉入时间的海底，只给我们留下无尽的唏嘘。

　　时光是上帝赐予我们最珍贵的不可再生资源，我们怎可肆意挥霍它？生活中，酸甜苦辣交错杂陈，阴晴雨雪变幻无常，可供我们支配的时间本就十分有限，倘若我们不忙里偷闲，随心所欲地快意一把，潇洒一回，又怎么对得起这如白驹过隙般的一生？人生难得是快活，而极致的快活莫过于在遵纪守法的前提下随心去生活，把日子过得潇洒自在，千姿百态，用片片绚丽云霞去装饰人生的天空。只有这样，我们这辈子才算没白活。

我们可以去阅读。阅读可以让我们开阔视野，拓宽眼界，培养高级思维，积累经验储备，积淀人生智慧，还能在确立正确的价值观的同时塑造健全的人格。至于我们在什么时候看什么书完全可以随心去选择。

我们可以在旭日东升的黎明伸伸懒腰，揉揉惺忪的睡眼，走进书房，打开台灯，推开窗户，肆意地享受习习清爽的晨风轻抚脸颊的温柔之感，在雄鸡争鸣中用最柔软的心去惬意地品读一本励志图书，让一个个神圣哲理灌注心田，荡涤灵魂，从而使我们的每一个细胞都充满元气。这简直就是天下第一等的好事！我们可以在骄阳似火的中午回到卧室，打开空调，从书架上随便抽出一本翻看，让疲倦的身心在轻松愉悦的情绪中渐渐放松。这也是一种享受。我们也可以在红霞满天的黄昏悠然自得地散步至公园，舒适地跷起二郎腿，心宁神静地坐在亭台楼阁中，在轻柔的带着夕阳余温的风中轻松地浏览报纸上的体育新闻。当得知我国运动员以破世界纪录的成绩夺冠或是在某个项目中有历史性突破时，定会倍加振奋，深感自豪！在那一刻，我们心中的爱国热情会陡然激涨，胸中会涌起万丈豪情。喷涌而出的光荣感会使我们与领奖台上的运动员同频共振。彼时，我们定会心潮澎湃，定会情不自禁地为自己是中华儿女而感到无比骄傲！当我们得知心爱的球队获得某项大型赛事的冠军时定会激动得双拳紧握，血脉偾张，豪气激荡！

我们可以去享受美食。享受美食可以让我们觉得生活原来可以是如此美好，让心灵获得充分的快乐。当工作压力沉重时，可以在

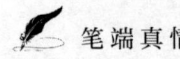

周末去餐厅点一个套餐自顾自地大快朵颐，或者直接点一个圆筒雪糕慢悠悠地品尝，也不失为一种实在的享受。在家里感到饥肠辘辘时，我们可以做一顿热气腾腾的水饺和家人一起分享，边吃边高谈阔论，开心时就分享趣事，烦恼时就倾吐苦水，获得畅快的心情。如此一来，美好而幸福的感觉便会油然而生！我们也可以在心情失落时去小卖部买一杯冰可乐，大口大口地灌下去，让低落的情绪瞬间麻木于刺骨的冰冻中。这是一种有效愈合心灵伤口的妙招。

我们可以与人聊天。与人聊天可以转移我们的注意力，及时缓解不良情绪，还能使我们现有的愉悦情绪得以最大限度地升温。当我们高兴时、烦恼时、忧伤时、痛苦时、愤怒时、兴奋时，我们都可以与人聊天，和家人，和朋友，和长辈，和同事，和孩子，和一切我们想与之倾谈的对象谈家庭，谈工作，谈球赛，谈国事，谈天气，谈生活……聊天的话题没有限制，只要谈话内容能使我们心情舒畅就好。毕竟，生活图的不就是快乐吗？

我们还可以看电影，听音乐，玩游戏，刷抖音，下象棋，写文章……总而言之，只要我们有时间，有条件，就随时随地、随心所欲地痛快一把、释放一回，让心灵始终保持满满活力。只有这样，我们才能使快乐常驻，让幸福永恒。

只要随心去生活，我们的心灵就会更自由，人生就会更精彩！

人要量力而行，一切要结合实际。人人都梦想做李嘉诚，做比尔·盖茨，梦想成为千亿万亿富豪，但能够做成吗？我们不要与遥不可及的人物攀比，要做自己，做真实的自己。我们只有不断超越自己，不断突破自己，才会有丰富、积极、光明、美好的人生。

与其麻木地奔忙，不如随心地生活。

我与微信

　　不知从什么时候开始，微信成了我生活中不可缺少的一部分。古时，苏东坡曾说："宁可食无肉，不可居无竹。"而对于我来说则是宁可没钱也不能没微信。

　　我是一个生长在互联网时代的 90 后，亲历了微信从诞生到不断优化的过程。微信功能强大，人们可用它来聊天、购物、交易、办事……它满足了人们在日常生活中的各种需求，使人们足不出户、动动指尖就能处理各种事务。几乎无所不能的微信给人们的生活带来了前所未有的便捷，这使得它在社会上广受欢迎。然而，归根到底，微信是沟通工具。当今，微信风靡全国。大街小巷中，随时随地可以看到人们用微信来进行沟通。微信让世界变小，让沟通更自由，更惬意。试问，当下社会还有谁不懂得使用微信？恐怕所剩无几了！

　　一直以来，我和很多人一样对微信情有独钟。倘若自己一时半刻不关注微信，心里就会感到很别扭，犹如烟民对香烟的依赖那样。一旦发现有微信推送就恨不得一睹为快，甚至连过期的信息都会条条跟进，唯恐疏漏。在重压的生活中，浏览微信是我的乐趣，也是自我调节的首选方式。学习累了，阅读微信；工作困了，阅读微信；生活烦了，阅读微信……在悠悠岁月里，微信给我带来的快

乐是很多其他的事物无法比拟的。

我常用微信与他人交流——或与亲朋好友，或与点头之交。我们交流的内容各有不同——或是喜事，或是憾事。

每逢喜事来临时，我就会把心中难以抑制的喜悦用微信与平日里对我关怀备至的亲朋好友们分享，尤其是与我的文学创作导师。我是文学创作者。这么多年来，我的创作水平在导师的引导与点拨下节节攀升。对于他，我总有说不尽的言语，诉不完的情衷。每次当邮递员把刊登我文学作品的样刊送达我家时，欣喜若狂的我总是第一时间与导师分享这份难以抑制的喜悦，然后就干脆什么也不想，什么也不做，眼珠子一动不动地盯着屏幕，专注地等待他的回复。在煎熬的心绪中，我明显感觉四周的空气仿佛凝固了一般，只听见自己如小鹿乱撞般的心跳声。"恭喜，继续努力！"突然"叮咚"一声，屏幕上弹出几个字，那是导师对我的肯定与鼓励。于是，我如释重负地放下手机，只觉身心松弛，世间的一切如乐曲般和谐美妙，又似诗歌般浪漫唯美。有时候，我灵感突至，便提笔洋洋洒洒地写一篇自鸣得意的文章，心里别提有多兴奋了！这时，我便发微信给导师宣泄激情。然后，我在焦灼的等待中收到回复。虽然只是一些普通的关切鼓励之语，但对我来说却有如收获了全世界的掌声。

当我的稿件石沉大海时，我总是在第一时间把失落之情化作文字通过微信发给导师，每次得到的回复内容都是安慰与鼓励，都是满满的正能量。在感动之余，我一次次地把这些温暖的心灵鸡汤截图收藏，然后收拾心情继续前行。

一路走来，我与很多人结识于微信，深交于微信。在纷扰的红尘中，我与他人的情感由于有了微信的牵线搭桥，彼此之间增添了几分温情、几分暖意。微信，原本冰冷的沟通工具，因人与人之间的情感碰撞而拥有了真善美的温度。它让我获得了心灵的愉悦与慰藉。

事实上，微信还有一个更神奇的功效——在交往中，它往往能暴露对方的真心。生活中，在与人面对面地沟通时，有的人为了当面不得罪我，往往逢场作戏、八面玲珑，表面上笑容满面、甜言蜜语，前一个"欢迎"，后一个"慢走"，貌似一副热情好客的模样，使我还真以为受到了他们的尊重款待呢！然而当我用微信与对方聊天时，尽管自己用词尽可能礼貌得体，表意客观真诚，但其却半天才仅仅回复一个"哦"字或者直接扔出一个问号，一副爱理不理的样子，让我很是气愤。有的人更无礼——我连发数条微信给对方，但其却长时间不回复，把我当作空气，又或者用虚与委蛇的寥寥几字敷衍了事。此时，我才看出他们的虚情假意。每逢如此，我都会感慨万千：这些家伙太会装了，真是知人知面不知心啊！

微信竟成了鉴别人心的照妖镜了。

此外，由于微信交流不受时空限制，且可以延时回复，因而人与人之间很多当面不便说或者不敢说又或者不能说的话，都可以用微信来解决。人性化与保密性是微信相较于传统沟通方式的优势。正因如此，微信才深得我心。平时，当我欲向好友倾倒悲伤情绪时，当我欲向师长诉说不好当面表达的苦衷时，当我怒发冲冠欲向亲人一泄为快时，微信无疑是最佳选择。

不过，凡事都利弊并存，微信也不例外。由于微信通常是隔空交流，因而难以识别对方身份的真伪，而且由于系统的漏洞，微信号存在被盗的风险，这就为一些不法分子提供了可乘之机。我就曾陷进过微信诈骗的"杀猪盘"中。有一天晚上，手机突然"叮咚"

一声，屏幕上立即弹出一条刺眼的微信，是"母亲"发来的："你爸爸出车祸了，必须立即接受手术，要支付 1 万元手术费。现在我只能拿出 8000 元，你赶快转 2000 元过来吧！"我阅毕，骤觉天仿佛塌了下来。情急之下，我不假思索便把 2000 元汇了过去。过了一段时间后，我打电话给母亲确认，不料母亲一阵惊愕，表示并无此事。她话音刚落，我就捶胸顿足，后悔不已——上当了！后来我才知道这个骗子盗取了母亲的微信账号，冒用母亲的身份对我行骗。那些天，我每每想到自己千辛万苦挣得的血汗钱瞬间化为乌有就欲哭无泪。

还有一次，午休时，手机"叮咚"地响了一声，屏幕上一个陌生账号发来的交友请求赫然入目。我仔细一看，只见该账号的头像是一个貌美如花的姑娘。我犹豫了一会儿，最终点击了"接受"，随后我便热情洋溢地与对方聊了一段时间。在整个交流的过程中，对方一直用年轻女性的口吻与我聊天，甜言蜜语不断。青春活力的我不禁荷尔蒙上涌，在爱慕之心的作祟下不知不觉地泄露了许多个人隐私。后来，我经过查证核实，才知道对方原来是个猥琐大叔兼网络骗子！我又被骗了！真是祸不单行啊！

连续受害的经历让我追悔莫及，心如刀绞。我恨自己没有一双火眼金睛，我笑自己跟善恶不分的唐僧是一路货色！我一度冷落了微信，但"塞翁失马，焉知非福"。我从惨痛的教训中重新认识了微信——它虽然功能强大，但也并非尽善尽美，使用不当照样会酿成苦果。难怪有人说："微信微信，有时候只能轻微相信呀！"

尽管如此，我的生活还是不能没有"微信"这个好伙伴。哲人说：存在即合理。的确，微信既然能深受大家喜爱，就必定有它的存在价值。客观地说，微信是信息时代的产物。这么多年来，它真真切切地造福了成千上万的用户，使人类的科技文明阔步向前。这就是微信不可抹杀的价值。因此，对于微信，我们不必吹毛求疵，也不必视之为洪水猛兽，只要合理使用，就能乐在其中。

不可与言而与之言，失言；可与言而不与之言，失人。此二语，唯智者能辨之。

在平凡的日子里，我与微信并肩携手，向未来进发！

陪伴是最长情的告白

　　有人说："陪伴是最长情的告白。"对此，我深信不疑。它不仅是一句柔情似水的文艺语言，更似一部感人至深的电视连续剧。

　　在每一个喜悲忧乐的瞬间，我从不缺少爱的润泽。爱是一团团熊熊燃烧的烈焰。它经久不息，烘得我的心房暖洋洋的。我心中的爱之天使，是一个历尽千帆的男人——我的父亲。在我生活的每一个重要时刻，父亲总会如天使般及时朝我散发爱的圣辉。这圣辉拥有一个朴实无华的名字——陪伴。"陪伴"堪称这世间最长情的告白，最深沉的告白，最伟大的告白，最如春风化雨般的告白。

　　我是一个文学创作者。我选择了文学创作，也就选择了与孤独为伍。因为文学创作需要不断与自我对话，还要与书中的"古今圣贤""文人墨客"无声交谈。这是一趟趟灵魂的独行。我经常把自己关在创作室里一忙就是一整天。在我工作的过程中，烦闷憋屈、心浮气躁是司空见惯的。然而，即使我闷得发慌，也不敢随意开溜。因为文学创作讲求"灵感"，而"灵感"这东西说来就来，说走就走。它既请不来，又留不住，只能"守株待兔"。虽然在别人眼中，文学创作是件光鲜亮丽的工作，可只有我这个从业者清楚，它是件劳心费神的苦差事。在创作的过程中，有"灵感"时就洋洋洒洒写下千字，没"灵感"时则只字写不出。这是文学创作的常态。

在很多时候，我都沦为写文章卡壳产生的那种烦闷焦躁感的奴隶。它会像洪水猛兽一样汹涌袭来。我只有强忍。因为"灵感"是个稍纵即逝的精灵，我着实害怕自己会产生"过了这个村找不着这个店"的惋惜感和痛苦感。每逢筋疲力尽时，我会不由自主地想找人吹吹牛，谈谈心，放松放松。父亲就是那个在我最需要陪伴的时候在我身边的人。的确，在这一趟趟孤独寂寞的灵魂苦旅中，父亲一次次的陪伴为我筑起了一所所爱意融融的心灵驿站，供我宣泄激情，供我平复心绪，给我加油打气。

父亲会在我欣喜若狂时陪伴在我身边，给我加油！当我找到新的创作题材，或者想到一个富有创意的题目，又或者想到一些精妙绝伦的语句，再或者文章获得了发表，我总会情不自禁地走出创作室，三步并作两步，嘚瑟地向父亲报喜。听到我的捷报，父亲笑得眼睛眯成了一条缝，嘴角翘起，脸上盈满了幸福快乐的阳光。他情不自禁地、抑扬顿挫地鼓掌，随后连续几下双手竖起大拇指，赞不绝口："好！好！好！继续努力！"话语虽简洁凝练，自豪之气却直冲云天。

父亲会在我焦躁不安时陪伴在我身边，给我鼓励！当我为找不到灵感而搔头抓耳时，我会耷拉着脑袋来到父亲跟前，像一个可怜巴巴的小乞丐般楚楚可怜地望着父亲，祈求他的开解。父亲总是柔和地拍拍我的肩膀，泡了我最爱喝的绿茶，然后注视着我，那慈祥的笑容总会在他脸上停驻数秒，像一场细雨浇灭了我心中的焦躁。他总用润物细无声般的涓涓细语对我循循善诱。他长着一双"鹰眼"。在开解我的过程中，我每一个微妙的表情变化他几乎都能察觉到。当我心悦诚服时，他会微笑着点点头；当我心生质疑时，他会不厌其烦地阐释；当我不屑一顾时，他会用犀利的目光盯着我，一字一顿地强调……待我心平气和时，他会用双手握住我的左手，坚定有力地摇几下，又柔和地拍拍我的肩膀，最后温柔地抚摸我的脸，铿锵有力地激励我："困难吓不到你，父亲相信你是个勇敢的人，因为你永远是父亲的骄傲！"这句话铿锵有力，我不禁热泪盈眶。是的，在父亲心中，我是他的骄傲；而在我心中，父亲是不落的太阳！

父亲总会在我心灰意冷时陪伴在身边，给我鞭策！当稿件石沉大海时，我总爱跑到父亲的书房喋喋不休地诉苦。也许，我唉声叹气的腔调刺痛了他的心。他始终凝神倾听，双眉紧锁，神色凝重，猛地起立，站在那里一动也不动，双目射出凛凛的威光，俨如一座巍峨冷峻的大山。这凛冽的威光与我的视线相碰，父亲威严的形象瞬间直达我的视网膜。彼时，我只感到手掌心源源不断地冒冷汗。随即，他用那双厚实粗糙的大手紧紧地搂住我双肩，那如炬的目光仍旧纹丝不动地盯着我。突然，一句歌词声如洪钟地被甩了出来："看成败，人生豪迈，只不过是从头再来！"话毕，他利索地转身，头也不回地离开。留给我的，只有那深沉的背影。

父亲温情的陪伴是一道道穿透阴云、照亮灵魂的阳光。它在周而复始的春秋轮转中温暖了时光，燃烧了岁月。

父亲是我的"守护神"，也是我的"及时雨"。他常说："积善之家必有余庆，积不善之家必有余殃。"在茫茫人生路上，正是因为有了他"及时雨"般的陪伴，我才能一直乘风破浪，行稳致远。但愿天意垂怜，神明保佑，赐他高寿，让他永远和我一起主演《陪伴是最长情的告白》这部感人肺腑、温情脉脉的电视连续剧！

天亮了

在一个简陋的客厅里，一面鲜艳醒目的中国共产党党旗悬挂在正墙中央，旁边的八卦钟如更夫打更般"当，当，当"的庄重送别浮沉岁月。两扇掉漆严重、斑驳不堪的杉木门正敞开着。在沉沉的天幕中，在东方的天际线上，橘红色的光晕隐隐可见，骀荡的晨风带着丝丝凉意送爽而至。不久，旭日探头而出，党旗被曙光照射得熠熠生辉。

天亮了！

在客厅的长条木凳上，坐着一位银丝胜雪、满脸皱纹的老人。他缄默不言，拿起一枚精致的党徽仔细打量，用纤尘不染的白手绢擦擦，又望望；望望，又擦擦，生怕留下一丝一毫的灰尘。是的，他决不允许这圣物上留下哪怕是半丝半缕的尘渍！最后，他把茶几上的杂物清理了又清理，把桌面擦拭了又擦拭，才小心翼翼地把党徽郑重地轻放在桌面上，久久地凝望着，凝望着……党徽中的镰刀锤子图案在日光的照耀下反射出夺目的金光。这束神圣的理想之光，数十年来一直照耀着他那颗赤诚的初心。

他是一位光荣退休的中共党员，是我敬爱的父亲。

父亲是火炬手。在我坎坷的人生征途上，他用饱经风霜的大手点燃我的希望之火。

我因种种原因被迫结束校园生涯。在风华正茂之时，我充满遗憾地告别校园，同龄人仍在如饥似渴地吮吸着知识的甘露，而我只能用旁观者的视角去远眺神圣的讲台和深邃的黑板，像教室旁失魂落魄的蒲公英那样随风飘荡，与风为伴，再也无法享受象牙塔里的知识化成的金风玉露。

在此后的几年间，别人的种种冷眼、阵阵嘲讽如鞭子般抽打在父亲的心上，然而，挂在他脸上的，永远是一张乐观的笑脸。他常常说："苦难嘛，忍一忍就过去了。当年夏明翰烈士为了坚持真理连砍头都不怕，共产党人哪会这么容易就被一丁点小挫折吓倒？"我默然点头，心中暖流澎湃，不禁暗暗感慨："父亲，你是我所有幸福的源泉！有你陪伴我就已经知足了！"在那些伤痛的日子里，我的情绪像六月的天、孩子的脸——说变就变，时而哭得撕心裂肺，时而躁得是非不分，时而愁得茶饭不思……种种不良情绪几乎耗尽了我的元气。我来到父亲跟前，睁大两只空洞无神的眼睛楚楚可怜地望着他，心灰意冷地问："爸，我没书读了，是不是没有希望了？"他温和地拍拍我的双肩，怜惜地望着我，脸上掠过一丝勉强的笑意，然后声声动情、字字暖心地安慰我："儿呀，不要绝望，条条大道通罗马，你的人生之路还很长。当一条路走到尽头，没有发现心仪的风景，不妨辟一条新路，直至走上成功的巅峰。在生活中，因征途受挫而另辟新路，最终拥有璀璨人生的例子比比皆是。张海迪在少年时虽被病魔斩断了通往象牙塔之路，但她最终不也是靠着意志与毅力自学成才了吗？只要你初心不忘、执着不变，就算再惨淡的人生都终会'柳暗花明又一村'的呀！"父亲的这番话犹如春风细雨瞬间消融了我心头的愁云。它最终幻化成一粒名叫"坚强"的种子，播撒在我的心田里。

总有一天，这粒种子会破土而出，沐浴在阳光下！

为了舒缓我心中的痛楚，父亲每天傍晚都会带我到广场散步。

我环顾四周，余晖覆盖了广场的每一个角落，整个广场披上了一层金黄的薄纱，壮美极了！在晚风的轻拂下，广场两侧的小树林沙沙作响，参天古木左右摇摆。它们如同一个个恪尽职守的卫兵，累了一天，该活动活动筋骨了！在小径上，游人自由行走，有卿卿我我的情侣，有舒展筋骨的大妈，有活蹦乱跳的孩童……广场上的一切相得益彰，如同一曲和谐优美的交响乐。在这诗情画意的好地方，父亲和我缓步而行，沐浴着晚风，享受着余晖，开怀畅谈——或谈文论艺，或针砭时弊，或戏说人生。他自愿充当我的精神垃圾桶，让我把思想中的负能量一股脑儿地倾倒进去，然后把其转化为饱含正能量的活水灌注到我的精神血脉里。在一串串爽朗的笑声中，夕阳渐渐西沉。在这样往复循环的爱的疗养中，我的精神伤口逐渐愈合。

我心中的那粒叫"坚强"的种子也已发芽吐绿，枝干日益坚硬笔挺，时刻生发出勃勃朝气。在不知不觉间，它该被称作"小树"了。

为了我的前途，父亲为我找了一位书法老师。这让我漆黑的精神小屋里迎来了一缕希望之光。谁料，在学习的过程中，我遇到了挫折——我学的是欧体，众所周知，欧体的钩是很难写的，然而对于这样的"重头戏"，老师仅示范了一次。

我始终不得要领，急得像热锅上的蚂蚁，便迫切地向老师提出要求："老师，你能不能让我把这个钩学会再去写别的字？"没想到，老师固执地说："你一定要听我的话，别太专注于这个钩，先把其他字写好了再说！"

顷刻间，我心如死灰，差点哭起来。

回到家后，我把委屈向父亲倾诉，最后，我赌气地对父亲说：

"爸，我再也不学书法了！"父亲听了，眉心紧锁，点上一根烟，猛抽几口，随即用力把烟蒂狠狠一按，猛地起立，严厉地说："无论你遇到什么困难，都必须坚持下去！你要清楚，做什么事都不会一帆风顺，只有披荆斩棘，才能到达星辰大海！我们一代代共产党人就是靠着在绝境中不屈不挠、顽强坚持的精神才走到辉煌的今天，你可要引以为鉴呀！"

为了与老师协商从而取得有利于我的局面，父亲半夜三更仍在床上苦思冥想说辞。有一段时间，他下班后，常常在沙发上纹丝不动，口里叼着一根烟，不停地吞云吐雾，烟灰落了一地也浑然不觉，有时在笔记本上沙沙地写东西。由于劳累过度，他的皱纹明显加深，仿佛老了十岁。他往日魁梧的身躯消瘦了不少，曾经神采奕奕的眼眸也布满了血丝，变得黯淡无光。古人云：功夫不负有心人。最终，他说服了老师，而我也把这个钩学会了。

这一切都得益于父亲的付出。他所做的一切都只是为了让我能有一技傍身，而我没有辜负父亲的期望——先后获得了两个全国青少年书法奖项，并把书法练习和书法创作坚持了下来。

小树"坚强"茁壮成长，含苞待放！

为了增强我的体质，父亲给我报了游泳班。练习中，有一个动作我始终学不会，挫折感使我产生了放弃的念头。我扭头一看，只见父亲眉头紧蹙，他严厉地扔下一句："再难也不能放弃，不会的动作我教你！苦不苦？想想红军长征两万五！"那时，骄阳似火，他额上的汗水如雨珠般大滴大滴地坠落。他丝毫不在意，用手随便一抹就继续指导我，直到泳池上的人都离开了，他还在那里不厌其烦地教我。他讲得最多的一句话是："无论如何我也要教会你！"每次感受着他"不破楼兰终不还"的决心，我都倍觉暖意融融，心中自信的力量被最大限度地激发出来。临近中午时，太阳越来越毒辣，父亲仍不知疲倦地示范着动作。我练习时，他一直用严厉的目光监督着我，容不得我说半个"不"字。因此，我丝毫不敢懈怠，在水中依样画葫芦地玩命练习。在不断的练习中，我感受到身体越来越收放自如。在经过无比艰苦而枯燥的练习后，我终于成功了！这时，父亲脸上紧绷的肌肉松弛了下来，他朝我竖起大拇指，舒心而欣慰地笑了。

至此，小树"坚强"已长成参天大树，硕果挂满了枝头，并呈冲天直上之势。

父亲从不允许我向困难低头。他不计其数地对我说："记住！无论你在何时何地遇到何种困难，都只有华山一条路——上！"经过父亲多年的言传身教，我充满了坚强和自信。在历尽千帆后，我的精神世界已盈满阳光。在父爱的沐浴下，曾经无力反抗命运的我绝处逢生，昔日那个自卑忧伤的灵魂已销声匿迹。如今的我就像一只羽翼丰满、雄心万丈的苍鹰，豪情满怀地在人生的新天地里振翅高飞，搏击长空，睥睨山河！

党旗和党徽的那抹艳红时刻印在父亲心中。在父亲的认知里，我既是他的儿子，又是祖国的希望和党的未来！作为一名老共产党员，他义不容辞地承担起"不让任何一棵树苗夭折"的责任。父亲用爱心践行使命，把天然淳朴的父爱与共产党员的责任担当交融起来，把自家的儿女情长升华为共产党员的无私大爱。

古语云：参天之木，必有其根；环山之水，必有其源。天，真的亮了——如今，我的人生充满了希望！在熠熠朝晖中，父亲又拿起他那枚永不腐朽、永不褪色的党徽深情款款地擦拭着……

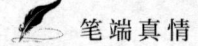

平凡的日子

我喜欢平凡的日子。

平凡的日子没有风雨如晦的颠沛流离，没有硝烟弥漫的人心惶惶，也没有峥嵘岁月的热血澎湃，更没有风云激荡的轰轰烈烈。有的只是有条不紊的安宁平和，有的只是岁月静好的无惊无忧。

平凡的日子总有别具一格的情调，平凡却不平淡，平凡而不寡味。

是的，我在过着平凡的日子。

在平凡的日子里，我可以随心所欲地做每一件事，可以自由自在地安排每一秒钟。在这淡淡流芳的平凡岁月里，我恬淡的灵魂每时每刻都在吟唱着生活的欢歌。

我可以随心所欲地写作。没有任务、没有压力的写作总是那么快意！每一次下笔前，我都有充足的时间来构思。一个主题不好写，换一个；再不行，再换！若是一个切入角度不合适，换掉！在这种无拘无束的自由写作状态下，我完全可以使略显枯燥的写作充满自我设定的闲适情调——首先浅浅地吸一口气，轻轻地呼出，然后悠然自得地踱步至大厅，先不疾不徐地调一杯香茗，再气定神闲地迈着有节奏的步子轻松自如地回到创作室，任由大脑浮想联翩，任由思绪纵情神游，随意碰撞，擦出智慧的火花，犹似溯到了真理之源，随后，在无穷的惬意中悄然进入亦真亦幻的状态。在这趟奇幻的灵魂之旅中，我的气息和神经的兴奋度都得以恰到好处地微调，进而能够舒适从容地进入写作状态。这种个性化的写作前奏的酝酿在任务型写作中只能是一个奢求。在此刻，我可以恣意操纵思维，旁征博引，纵横捭阖，谈古论今，任脱缰的思绪自由驰骋。在一次次对自我思维得心应手的操控中，我的每一个神经元都有酣畅淋漓之感，那是一种如沐春风的畅快之意。我深陷其中，无法自拔，飘飘欲仙，仿佛成了创造世界的上帝。不过，写作快感也不是全程在线的，中间在所难免会掉链子——写着写着，突然卡壳。然而，这点小麻烦无法阻止我享受这遁入自由之境的乐趣。在空灵的境界中，我可以按己所需，任意调整思路，调换词语，重组句式……在不知不觉中，在极度恣意逍遥的享受中，一篇自认为满意的文章便诞生了。我心中的文学梦总是那么朦胧而美丽。这一切都得益于平凡的日子对它的润泽与灌溉。

我可以无忧无虑地聊天。聊天的对象可以是任何人——亲人、老师、朋友、晚辈；聊天的话题包罗万象——时事政治、天文奇观、明星八卦、家庭琐事；聊天的时间任意设定——或在早餐前，或在下班后，或在晚饭时，或在休闲中……在侃侃而谈中，对方的一颦一笑、一举手一投足，都能在我心中变成一个个鲜明活脱的形象，而当我把这一个个清晰直观的形象连缀成一段段随机的动态情境时，一切又都是那么的动人心扉，惹人回味！在平凡的日子里，几乎所有的聊天都是轻松愉悦的，一切都是自我情感的真实表达。在聊天中，我可以发泄心中的苦闷，可以宣泄心中的激情，可以倾诉心中的痛楚，可以分享心中的喜悦。聊至快意时，我可以捧腹大笑；聊至愤怒时，我可以拍案而起；聊至伤心时，我可以涕泗横

流。在天马行空的聊天中，我的知识得以增长，我的眼界得以开拓，我的灵魂得以升华。在平凡的日子里，我的每一次聊天都显得那么闲适舒心。在舒适开放的聊天状态中，尘世的烦恼暂时与我无关。我可以卸下心灵的重荷尽情沉浸在个人世界中，去共鸣情感，去体察生活，去明辨是非。在平凡的日子里，无忧无虑的聊天总是那么的畅快无比！

我可以饶有逸趣地打球。平日里，每有闲暇我便呼朋唤友来"开赛"。我热爱足球、篮球、乒乓球等球类运动。每当朋友欢聚时，大家总是随机、随性地选择其一，痛痛快快地赛一场。这段日子正值暑气横行，难得遇上友人登门造访。我想，既然大家都是年轻人，又正当热爱运动的年纪，此时用一场球赛来释放心中的激情再合适不过了。我心潮澎湃，兴致盎然，开口提议："哥们，不如来场乒乓球赛吧！"对方一口答应："来就来，谁怕谁！"于是双方在球桌上你一拍、我一板地缠斗起来。我俩虽不至于斗得天昏地暗，日月无光，却也斗得颇具火药味——双方都全力以赴，每球必争，唯恐输球。这虽是友谊赛，甚至带有些嬉闹玩耍的性质，但谁也不想当"砧板肉""软柿子""待宰羊"。最后，经过激烈角逐，获胜的一方挥拍怒吼，纵情欢呼，欣喜若狂，仿佛夺得了奥运冠军。是的，在这种娱乐性质的比赛中，胜负确实不重要，然而汗水的味道却总能让我真切地感受到年轻的活力和生活的激情。在平凡的日子里，一场普通的球赛都能演绎得如此有板有眼，有声有色。在球桌前，我和友人挥洒的是热汗，衍生的是乐趣。在球桌上，每一板精彩的对拉都尽其所能地释放出青春的朝气，都倾其所有地散发出岁月的温度，都纵情张扬地燃烧着生命的能量。的确，平凡的日子就是那么热血澎湃，激情四射！

我还可以……

平凡的日子总是波澜不惊，也正是这种波澜不惊，使我一直对生活保持着无限的期待和饱满的热情。平凡的日子最能让我咀嚼出岁月的味道——那是如意与愉悦的味道，那是闲适与舒心的味道，那是昂扬与奋进的味道。

先哲云：此生光明，亦复何言？我很享受平凡的日子，然而，我深谙"花无百日红，人无千日好"这个自然法则。

于我而言，努力地活好当下就是对平凡日子最好的珍惜。

第一抹清芳

"丁零零，丁零零……"闹钟在不停地打鸣。

我掀被而起，开始新一天的文学创作。这么多年来，我日日都是如此。文学创作早已成了我生命中不可或缺的部分。

在学生时代，文学的种子就已被播撒到我的心田里。那时，我的语文成绩在班上名列前茅，每次的作文几乎都被老师作为范文在课堂上讲评。多次尝到甜头的我对写作的兴趣日益浓厚。每逢周末或节假日，我总爱捧起一本本名家的文集看得津津有味，手不释卷。文学为我打开了一扇天窗，让我走进广阔无垠的精神王国。在这个王国里，我可以无拘无束地与莫言、王蒙、余秋雨等名家进行灵魂对话，惬意地享受他们奉献给读者的文化大餐——《红高粱家族》《青春万岁》《文化苦旅》……

书到用时方恨少，事非经过不知难。在那个年纪，我常常"异想天开"——只要充分发挥写作的优势并持之以恒地奋斗，说不定有朝一日就能成为作家呢！于是，我说干就干，兴冲冲地买了一大批文学创作指导书和大叠大叠的稿纸，一有灵感就按指导书所讲述的方法来进行创作。由于我并非科班出身，初期的作品实在是太"菜"，简直不堪入目。我曾一度心灰意冷，想把它们付之一炬，可转念一想又觉太可惜。我不甘心就此放弃，否则会愧对自己的初心和天赋。于是，我一次次咬紧牙关，屡败屡战，憋出了一篇又一篇作品。对于不满意的作品，我每隔一段时间就翻开来校对，一旦发现纰漏就立马修改，改完后又放置一段时间后再进行校对，一旦发现新问题就继续修改……对于文学创作者来说，只有如此循环往复地对作品不断进行完善，才能使其无限接近完美。毫不夸张地说，在那时，我每天除了吃喝拉撒睡，其余的时间几乎都用来创作和修改作品。我不分昼夜地工作，常常从黎明忙到深夜，累了就睡，一觉醒来就又继续"干革命"。尽管如此折腾，我的大脑却没有丝毫疲态，反而感觉"累并快乐着"。

爬格子就是这么的快活！

随着作品的数量日益增多，我便鼓起勇气向各种刊物投稿。遗憾的是，我首次投稿就出师不利——在投出作品后很长时间都毫无反馈。我的天空被蒙上了阴霾，随后的多次投稿也都如泥牛入海一般。我那失望的情绪便在接二连三的打击下放肆地蔓延，阴沉的乌云挤满了我的天空，到处黑压压一片。在那段百般煎熬的岁月里，我时常自我怀疑，脑海里多次闪出想要放弃的念头。所幸，每到这时，我就会铿锵激昂地鼓励自己："切莫放弃！你定能成功！"于是，我一次又一次地整理心情，一次又一次地扬起风帆继续向星辰大海进发。俗语说：功夫不负有心人。在不懈的努力下，我的文笔日趋老辣，投出的作品也陆续被刊登在各种刊物上。"原来我也能成功"，一个接一个的捷报激增了我对文学创作的信心。在自豪感和成就感的双重助推下，我的创作热情如同决堤的洪水般一发不可阻挡，我收获样刊的频率也越来越高。"别人能做到的事情我也一定能做到"，我发自内心地鼓励自己！

在为梦想奋斗的日子里，笔耕不辍的我躬行了"天道酬勤"这

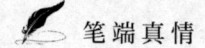

个真理，也享受到了"有付出就有收获"的成就感！如今，我在创作中完全可以做到挥洒自如，作品中需要"动手术"的地方也越来越少。

成为职业作家是我的梦想。如今，我已创作了数十篇作品，其中绝大部分作品都获得公开发表。曾经有人对我的作品是否达到出版水平提出质疑，我每次都底气十足地回应："我完全具备这个实力！"待时机成熟，我就会将这些作品结集出版（这将是我的第一本文集），以此来向文化百花园贡献一抹淡雅的清香。

孙中山先生说：革命尚未成功，同志仍需努力。我非常清楚，对于意欲摘取星辰的我来说，逐梦之旅才刚开始；我也十分清楚，由于自己创作经验的欠缺，故这本文集难免会存在一些瑕疵。但不管怎样，"出版文集"这个即将到来的人生节点虽只是我在漫漫筑梦征途上迈出的第一步，却具有里程碑式的意义。

结果固然重要，过程也弥足珍贵。在筑梦的旅途中，我饱受风雨霜雪的袭扰。不过，虽然它们的袭扰曾一度令我举步维艰，但在踽踽独行中，我那饱经磨砺的心智却在不经意间得到了快速的成长。对我来说，逆风飞翔的过程无疑是一笔极其宝贵的精神财富。

在晨昏更迭中，我与时间全速赛跑，朝梦之终点不知疲倦地冲刺。我预感在征途的尽头定是一片无比绚烂的花海。在那里，各种花儿正盼着我一睹她们娇媚的姿容。

虽然我距花海仍很遥远，但我坚信：只要自己勇敢执着地前行，浓郁的花香就必定会一抹接一抹地芬芳我的灵魂！

可喜的是，我已隐隐约约地嗅到了第一抹清芳。

浅谈手抄摘录式笔记

不动笔墨不读书。我们在阅读时一定要做笔记。做笔记能帮助我们有效预防遗忘——即使我们一时忘记也可以随时翻阅笔记来复习。人的记忆力是有限的，做笔记相当于以另一种形式强化我们的记忆。我们或许可以这样理解：在一生中，笔记能存放多久，我们的大脑对相关知识的记忆就可以保留多久。

我在阅读时喜欢做笔记。年深日久，我的笔记越积越多。我会时常把这些精神食粮翻出来反复记诵以强化记忆。经过日复一日的坚持，我脑海中的词句量不断增加。我的创作欲望也愈发强烈，仿若火山深处的岩浆将要喷涌而出似的。各种好词佳句源源不断地灌入我的脑海，于是，创作激情便一浪接一浪地翻涌。我常常忍不住拿起纸笔来跃跃欲试，就如同泥瓦匠在砌墙时源源不断地得到砖瓦和水泥供应那样，其干劲、斗志和积极性得到极大的激发。的确如此，有了越来越多的词句储备，我写起文章来那种如水银泻地般的流畅感就越来越强烈。正是得益于这些笔记，我在遣词造句上才变得更为贴切，也更具文采。

人们做笔记的方式各有不同，常见的做笔记的方式有眉批式笔记、旁批式笔记和摘录式笔记。我对摘录式笔记情有独钟。所谓摘录式笔记，是指把所需要的内容摘录到某种载体上，一般是指纸质载体或电子载体（现在主要是手机和电脑这两种电子产品）。在这两种载体上做笔记，我分别称之为手抄摘录式笔记和电子摘录式笔记。在如今这个信息化时代，人们通常做电子摘录式笔记。它的优点是便捷省时，而我还在做手抄摘录式笔记。像我这样"守旧"的人恐怕是寥寥无几了。虽然这种做笔记的方式略显传统，而且较为耗时，但于我而言却是最佳的选择。

做手抄摘录式笔记能加深对知识的记忆。在手抄笔记的过程中，我们需要耗费一定的时间。在这段时间里，我的大脑可以趁机对所要摘录的知识进行反复记忆。记忆的次数多了，知识就会不断加深，到最后自然也就难以忘却了，而用电子载体做摘录式笔记，所摘录的内容往往会如浮光掠影般一晃而过，导致我们根本来不及循环记忆就要继续摘录新内容了。如此一来，在摘录过程中对新知识的记忆次数有限，印象就不会太深刻。若要加深对这些知识的记忆，就只能等摘录完后再从头到尾逐一记诵了。

做手抄摘录式笔记能在一定程度上保护视力。而电子设备的光辐射太强，如果我用它们来做笔记，时间一长，眼睛就容易干涩、发痒或酸痛。久而久之，视力下降就会成为必然的趋势。

做手抄摘录式笔记还能练字。我向来都乐于享受写字的快感。在抄笔记的过程中，我总要调调呼吸，定定神，酝酿好笔尖即将划过纸面的感觉，然后一笔一画，全神贯注地把每个字写好。在这个过程中，我充分享受着亲笔写出美观汉字的操控欲和成就感。有时候，我一写就是半天，饭都懒得去吃，觉都不按时睡。写完后，我总爱凝视着纸面上娟秀工整的字体，陶醉于其中，久久不愿自拔，俨然一位书法家。霎时间，我的自豪感不由自主地激射而出。待摘录完毕，我又再三欣赏自己的"杰作"，凝望着上面整洁舒心的字迹，不禁喜从中来。这种感觉比我在电子游戏中操纵手柄来打怪升级的体验更过瘾。

当然，手抄摘录式笔记的益处还远远不止这些。人们做笔记的方式各有特色。对于每个阅读者来说，无论用何种方式做笔记，必定都是他所认为的最合适、收益最大的方式。这个世界本来就是多姿多彩的，也应该是兼容并蓄的。我们只要找到了适合自己的方式就好，不必邯郸学步，也不能把自己所信奉的"最佳方式"强加于人。古诗云：一枝独放不是春，万紫千红春满园。百花齐放的盛况又何尝不是一幅绚烂唯美的风景画呢？

古语云："纸上得来终觉浅，绝知此事要躬行。"不管怎样，手抄摘录式笔记始终是我最钟爱的做笔记方式，它是我的知识水平得以跨越式提升的根本原因。我一直跋涉在漫漫求知路上。这一路上，荆棘丛生，乱石挡路，泥沼遍地，而"手抄摘录式笔记"这种做笔记方式对于我来说就是一根被时刻紧握在手的，可以及时帮助我避开泥淖、扫清障碍的拐杖。

论执着

某杂志写道："香港明星刘德华的成功来自他执着的精神。"据介绍，年轻时，刘德华就立志当明星，意欲有朝一日进军乐坛和影视界，可由于他天资不够，学艺总比别人慢一拍，刚出道时他的实力与同代艺人相比较为逊色，常常被人嘲笑，但他毫不气馁，哪怕付出比别人多好几倍的努力也在所不惜。他在最拼命时每天只睡三个小时。在每一个晨昏交替中，刘德华始终执着地奋斗，实力逐渐强大起来，到后来终于令大家刮目相看，成为家喻户晓的天王巨星。

刘德华的奋斗史告诉我们：执着的精神是成功者必不可少的特质。生活的道路绝不可能一马平川。每个追梦者在奋斗的过程中必然会遇上这样那样的绊脚石。当遇到挫折时，他们要使原本昂扬的斗志完好无损是不可能的。在这时，他们就需要启动内心执着的精神去重振士气，去坚持战斗。执着是一种由心而发的强大的意志力。执着的强者在受挫时会自动激活"不破楼兰终不还"的决心和一往无前的勇气。它们在强者身上合二为一，凝聚成一股无所不能的元气，可以及时为其治愈精神创伤，使其秒速回血并助推其继续勇敢前行直至圆梦。

这就是执着的力量！

其实，每个人都需要执着的精神。生活是残酷的，现实是骨感的。人生充满波折。执着的精神能帮我们渡过绝望的急流，去享受彼岸的缕缕阳光、丝丝芬芳；执着的精神能推动我们在挑战命运的道路上翻山越岭，披荆斩棘，最终到达星辰大海。

我是一个执着的人。对于自己认准的目标，无论前路是多么穷山恶水，我都如斗士般知难而进，勇往直前，直到得偿所愿。

在求知的道路上，执着的个性让我的学识渐渐丰富而专精。一直以来，任何一本书我都要精读。在精读的过程中，我从来都不放过哪怕半处疑难。当我在阅读的过程中遇上某个生僻字时肯定不会让它如云影般掠过。首先，我会查《广州音字典》；如果得不到满意的答案，就再查《现代汉语词典》；再不行，查《辞海》；还是不行，向名师请教……总而言之，我不达目的誓不罢休！长此以往，我的知识结构日趋完善，知识脉络日益清晰，知识盲区日渐减少。我对知识的运用总能得心应手。

在进行体育锻炼时，执着让我的成就感满满。

在众多体育项目中，我最爱篮球，尤其喜欢练习中距离投篮。我设定每五次投篮为一个回合。在练习中，哪怕投失一球我都要重来，直到五投全中才允许自己进行下一个回合的练习。我记得在某个回合的练习中，为了做到五投全中，我竟练了一个多小时。练习结束后，我猛然发现衣服湿透了，脱下来一拧，只见几道由汗液聚成的水柱激射而出。对此，我毫不在意。我只知道，在彼时，那种历尽煎熬才得以达标而生发出来的成就感在我的心海里长久地激荡，不住地回旋。

"执着"点燃了我的人生，照亮了我的未来！在为梦想而战的征途上，我幸有执着的个性才得以屡过难关。

李白曰："长风破浪会有时，直挂云帆济沧海。"我要衷心地谢谢你——颠扑不灭的执着！

做有价值的事

最近，我参加了一个朋友的聚会。当中有我认识的人，也有我不认识的人，大家围坐在一起，高谈阔论一通，胡吃海喝一顿，就这么一折腾，整个下午就过去了。在大家各散西东后，我的记忆里只剩下浓烈的酒味和恼人的烟味，如此而已。

作为联络感情的方式，这位朋友举办聚会本身无可厚非，我也十分感谢朋友的盛情相邀，然而，它于我而言却真的没什么意义。整个过程中，我与他们聊的话题几乎不沾边，傻傻地待在那儿，拨弄拨弄手指，伸缩伸缩小腿，有时被迫敷衍几句，有时则胡乱地来回滑动手机屏幕。我的神情在表面上看起来泰然自若，实则烦不可耐，感觉空耗着无比宝贵的时间而得不到丝毫有用的东西。所以说，参加这种活动对我来说毫无价值！

所谓有价值，讲得通俗点就是有用、有益。做有价值的事，就是做有用、有益的事。我们对价值的划分是多样的——可以是对国家的价值，可以是对民族的价值，可以是对社会的价值，可以是对家庭的价值，可以是对集体的价值，也可以是对自己的价值。

做有价值的事，可以造福国家，造福民族，造福社会，造福集体，造福家庭，造福自己，使自己的人格得到升华的同时获得一种问心无愧、不枉此生的自豪感。既然上苍赐予我们每个人美好而短暂的年华，我们就应该用这金色年华来充分实现自己的人生价值。人活一世，就要多做有价值的事。

古往今来，许多视死如归的英雄都做了许多对国家和民族有价值的事。他们把国家和民族利益视为自己的最高利益，把实现自身对国家对民族的价值作为自我价值观的核心理念，把家国情怀与自我价值观紧密结合，用生命书写了一个个可歌可泣、永垂不朽的壮美篇章。21 世纪初，飞行员王伟在拦截入侵我国领空的美国侦察机的过程中与敌机发生碰撞，为捍卫我国主权，确保我国领空不受外敌侵犯而壮烈牺牲；近年来，在中印边境冲突牺牲的四位烈士，面对印军的越界入侵行为，为维护国家主权与领土完整而用血肉之躯与数倍于己方的敌军搏斗，英勇捐躯。

他们所做的事都是以生命为代价来实现自己对国家、对民族的价值。

当然，我们受个人能力、生活环境、工作环境、社会环境等因素制约，不是每个人都有能力做惊天动地、决定国家前途和民族命运的大事，但即便我们是一个普通人，在平凡的岗位上做着平凡的事也能实现自身的价值。

把自己融入社会的洪流中，为社会和人类文明进步贡献自身的智慧和力量，这是我们每个公民责无旁贷的使命。既然如此，那么我们就应该多做对社会有价值的事。

如果你是一名警察，每天兢兢业业地扫黑除恶，维护社会治安，就是做对社会有价值的事；如果你是一名教师，每天不辞劳苦地上好课，改好作业，就是做对社会有价值的事；如果你是一名环卫工人，每天勤勤恳恳地清洁街道，打扫公园，美化城市，就是做对社会有价值的事；如果你是一名医生，每天认认真真地看好病，

查好房，就是做对社会有价值的事……

我乐于做对社会有价值的事。作为一名普通公民，我在生活中遵纪守法，积极响应国家号召，承担社会责任和义务，努力践行社会主义核心价值观，乐于助人，不给社会添乱，自爱自重，这同样是在实现自身的社会价值。

在家庭中，我们可以做一些力所能及的事来帮助家人。做对家庭有意义的事并不需要多么轰轰烈烈，很多时候只需要我们付出举手之劳足矣。事虽小，价值却能在每一个细微之处得到充分体现。为家庭多做有价值的事，能使我们感觉到自己在这个家庭中是个有用的人。

我常常做对家人有益的事。在父亲卧病在床时，我会倒水给他服药，顺便祝福他："爸爸，祝您早日康复。"虽然这句话并不能当药吃，但至少可以使他感到暖意融融，从而以更乐观的心态战胜病魔。在母亲向自己述说打工的心酸时，我会耐心地侧耳倾听，然后尽己所能去安慰她。虽然自己并不能百分之百来为母亲排忧解难，但至少可以尽力减轻母亲心中的酸楚。年迈的父母对智能手机的操作并不熟悉，他们在输入一些重要信息时总是出错。此时，作为年轻人的我就会细心并耐心地帮助他们输入并教会其操作方法。虽然这对我来说只是举手之劳，但能帮助父母解决实际问题，我很开心。在父母出远门时，我总是给他们捎上一句"一路顺风"。虽然这话作用不大，但能让他们因儿子的懂事而得到心灵的慰藉也未尝不是一件有价值的事。

我们还可以做对自己有价值的事，来提升自我的综合能力。虽然这些事看起来是那么不值一提，但起码有益于自己。古人说：勿以善小而不为。的确，价值不分大小，只要自己做的事有价值，哪怕再微不足道也都无愧于心。

　　我喜欢做对自己有用的事。在周末和节假日时，我喜欢看看书，背背笔记，丰富知识库存，涵养自身素养。这是有百利而无一害的。在每一个待人接物的环节中，我总是竭尽所能，运用自己的经验和知识，力争做到完美，力求把自己最优秀的一面展现在他人面前。我还常常做家务。做家务既可以缓解高强度工作的疲劳，又可以培养爱干净的生活习惯，还可以调整生活节奏，可谓是一举多得！

　　在生活中，我们可以随时随地做有价值的事。做有价值的事于人于己都大有裨益。多做常做有价值的事，我们的灵魂就会变得高尚。

　　人生苦短，时间宝贵。对于每个人来说，做有价值的事是最明智的选择。

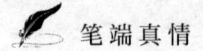

暖心引路人

　　我与曾沛才主席相识已有整整八年了。那时，我刚告别校园生活，决心把文学创作作为毕生奋斗的事业，很想在这方面得到高人引路。我把这个想法告诉父亲，父亲思索片刻，告知我，他与一位先后担任过罗定市文联主席、罗定市作家协会主席、罗定市政府办公室副主任、罗定市地方志办公室主任、云浮市作家协会副主席等职的曾姓地方名人是多年的好友，若我日后能有机会向这位名人多多请教也许就会大有裨益。我求教心切，央求父亲早日安排我与曾主席见面。

　　2014 年 3 月的一天，父亲带我到了一间办公室，给我俩倒茶的是一位身材敦实的中年男人，长着一张宽容大气的国字脸，双目炯炯有神。父亲说："麟，这位就是曾沛才主席！"我上下打量眼前这位本市文坛盟主，不禁心生仰慕，一阵客套过后便恭恭敬敬地向他请教几个略显稚嫩的关于文学创作的问题。

　　他解释起来轻车熟路，旁征博引、亦庄亦谐地把疑难点的来龙去脉阐述得一清二楚，分析起来也合情合理，硬是让我这个心高气傲的人不得不心悦诚服地连连点头称是。

　　在讲解的过程中，曾主席的脸上自始至终挂着和蔼友善的微笑，那笑容恰似一阵二月的春风，又如一股清新的暖流，更像一道和煦的阳光，在不知不觉中平复我因初次与他相见而产生的局促不安的心绪，我的灵魂也仿佛被一团团源源不断的暖流沐浴着，只觉浑身上下无比舒适。

在整个交流的过程中，我始终把耳朵竖得直直的，担心听漏哪怕半个字。

随着时间的推移，我愈发感到他竟是那么平易近人，没有半点名人的架子。他说的一段话，我时至今日仍记忆犹新："一个人若是想往文学创作方面发展，得看他是否具备这方面的天赋，能否做到笔耕不辍。如果他天赋异禀，再加上后天不懈的努力，那就离成功不远了，否则，梦想终究成空想！"这话听得我有些心慌，千千万万个又大又粗的问号瞬间占满脑海。要知道，那时我还是一个文学创作的门外汉，对于自己是否具备文学创作天赋完全是一个未知数。我只知道"作家"是一个格外高尚却又极具难度和挑战性的职业，绝非常人能胜任，选择这条路等于用自己的人生与命运进行一场孤注一掷的豪赌——赢了，光芒四射；输了，则……霎时间，我冷汗直冒，一幅幅可怕的画面在脑海中出现。我不敢往下想，只好强行关闭思维的闸门，以闸断思绪的洪流，深吸一口气再缓缓地呼出，然后反复擦拭手心脚心的冷汗，再连续几下用力地眨眼，这才定下神来。

"既然认准了这条路，那么就算前方风雪迷途、泥沼遍地，我也得走下去，说不定凭着一腔孤勇往前闯，就能闯出一片广阔的天地呢。"我咬了咬牙，紧握双拳，默默地为自己鼓劲。

回家后，我试着写了几篇文章交给曾主席作"资质鉴定"——让他判断我是否具备文学创作的天赋。他仔细阅读文章后，用力拍拍我的肩膀，微笑着鼓励我："我从你的文章中看出你在文学创作方面具备一定的天赋，尽管去努力奋斗吧，未来可期！"

这句话似乎有着无穷的神力，开启了我的希望之门。在门的那边，作家梦幻化成一轮初升的红日，孕育并激射出成千上万道壮美的曙光，照亮了我心中的小宇宙。

这之后，我在文学创作中遇到难以解决的问题时就会请教曾主席，而他也乐于在百忙之中抽空指导我。

曾主席对我说过："他山之石，可以攻玉。你想在文学上不断进步，首先要进行大量的阅读，读古今中外文学名著，包括《中国通史》《世界通史》《诺贝尔文学奖全集》《文学概论》《文化苦旅》等书，多读书可以让你打牢文学创作的基础，写起文章来就能得心应手。"于是，我开始大量地阅读——读小说，读诗词，读散文，读评论……对《文化苦旅》一书，我更是读到纸张泛黄还嫌不够过瘾，干脆把全书读熟并一字不漏地背诵下来。我在与曾主席见面时把该书的其中一篇文章背给他听。他听后，满脸洋溢着如和风细雨般的笑容，二话不说便竖起了双拇指，随即重重地拍了拍我的大腿，热情地鼓励我："我对你的建议绝对是负责任的，尽管相信我吧！常言道'功夫不负有心人'，你能如此用心地下苦功，相信假以时日必将梦想成真！"我看得出，在那一刻，他是多么欣慰和满意！

顷刻间，我的心海热浪澎湃，暖流激荡！

从此，我更加如饥似渴地阅读。平日里，我除了三餐一宿，其余的时间几乎都泡在书海里。古人云：读书破万卷，下笔如有神。的确，书读得多了，知识面自然就广了，写起文章来就会得心应手。最初，我总是绞尽脑汁才能勉强写成一篇文章；在经过广泛的阅读后，我行文比以往轻松流畅多了。我在文中表达某个观点时往往能准确地引经据典，表达形式也更为多元化和规范化，遣词造句亦倍加贴切……

我总算直观地感受到博览群书的奇效！

看来，曾主席给我指的的确是一条阳关大道呀！我在文学创作启蒙之时能遇上这样暖心的名师引路何尝不是三生有幸？

有一次，我在曾主席的办公室偶然发现了一个密密麻麻抄满了字的笔记本。我好奇地翻了翻，只见里面抄的都是有价值的内容，有名言警句，有优美词句，有俗话谚语……曾主席举起笔记本定格在我面前足足几秒钟，随即晃了晃又轻轻地把它放下，指着其中的一页说："麟，如果我们在阅读的时候不做笔记，读过的内容就很容易遗忘，但只要把书中的精华摘抄到笔记本上，经常翻开来背诵就能经久不忘了。一旦知识量增加了，我们在创作的时候遣词造句就会有更丰富的选择，从而增加文字表述的艺术性，使作品更能吸引读者。"

我依样画葫芦般去做。积累至今，我的文学笔记已达十本。说也神奇，我的文章在开始认认真真地做读书笔记之后不久便见刊了，此后更是连连获得发表。这对于一个文学创作者来说简直比买彩票中了五百万元还要兴奋一万倍！

高人不愧是高人！曾主席无疑是我的幸运星！

平日里，我时常把在构筑作家梦过程中的喜悲忧乐通过微信与曾主席分享，他总是及时回复信息——指导我、鼓励我或是开解我。这样一来，我便彻底放开了手脚，时刻都聚满正能量去勇攀文学的高峰。

幸得他一路关怀，我风雨无惧，信心满满！

人生短短几十秋，我在人生的征程上有幸遇上这样一位暖心引路人，此生足以无憾。如今，我已走进文学创作事业的春天，曾主席的谆谆教导不断地化作温暖的春风吹绿我的心田。

春风轻柔地吹着，吹着……

后 记

　　我是一位文学创作者，从小就对文学产生了浓厚的兴趣。四岁时，我就能流利地背诵《三字经》和《社会公德四字歌》等启蒙读物，同时还喜欢抄唐诗、背唐诗。随着年岁渐长，我的阅读面渐渐拓宽，在不经意间爱上了文学杂志和文学书籍，如《人民文学》《广州文艺》《青春之歌》《红岩》等。我喜欢在一切闲暇的时间里捧卷阅读，常常废寝忘食。

　　在求学年代里，我的语文成绩总是名列前茅。对于"语文"这个在学生群体中"阴盛阳衰"的学科，我的分数能与那些顶尖的女学霸分庭抗礼，尤其是每次作文都能拿高分并常常被老师作为范文在课上讲评。当我在讲评课上看到同学们投来的一道道羡慕的目光时，油然而生的自豪感和成就感就会经久不息地在胸中激荡，这也给我带来了强劲的奋斗动力。从那个时候起，我就彻底爱上了文学创作，常常在周末和假期通宵达旦地写文章，稿纸写了一沓又一沓，笔芯换了一支又一支。我如此狂热地写文章，纯粹是为了享受创作过程给我带来的愉悦之感。不过，我写完就把稿子锁在抽屉里，未曾尝试投稿。

　　后来由于种种原因，我被迫结束求学生涯。当时，这个如晴天霹雳般的打击让我迷失了生活的方向。"我这一生该往何处走"这个残酷的人生命题折磨得我提心吊胆地熬过了一天又一天。我感觉自己仿佛穷途末路了，前面尽是深渊险滩、悬崖峭壁。幸好，在我"叫天天不应，叫地地不灵"的日子里，我潜意识里的小人儿不断提醒和鼓励我："别怕，你的生命中还有'文学'这个伴侣！"

于是，我幡然醒悟，遂立下了"把一生奉献给文学"的志向并在2014年走上了文学创作的道路。这么多年一路走来，我饱经纷纭世事，也接触过不少人，其中有三个人令我刻骨铭心——父亲陈劲勇、恩师陈中献和广东省作家协会主席蒋述卓先生。

父亲陈劲勇堪称我的守护神！他在家境清贫的状况下极力支持我走文学创作之路。虽然我向各家杂志投出的稿件屡获发表，也领到了一定数额的稿费。然而，对于一位文学创作者来说，要想靠稿费来养活自己实属不易。明知如此，父亲却并未急于让我外出打工谋生，而是竭尽全力地用他那微薄的收入来解决我的生存之忧。每当我对未来感到迷茫的时候，他定会及时开解我、鼓励我、引导我，让我在重重迷雾中窥见希望之光。在我心中，他永远是如守护神般的存在！如今，父亲已步入晚年，但他仍一如既往、坚定不移地充当我的坚实后盾，让我能安心地为文学梦而战。我只希望他健康长寿，可以长长久久地伴我闯荡文坛。

恩师陈中献是我的伯乐。他原是广东教育学会理事，我在很小的时候就已经与他相识。那时，他认为我具备一定的文学天赋，值得栽培。只是，在此后很长一段时间里，我忙于学业而疏于与他联络，孰料命运在兜兜转转中让我们重逢。2014年，我正式拜师于他，学习文学创作。他开了一家小店，每天上午和下午我都会风雨无阻地到小店听他授课。授课时，他总是面带慈祥的微笑，在适当的时候和我插科打诨，以活跃课堂气氛，丝毫没有老学究那副居高临下的架子。他总是充当我作品的第一个读者，每当阅读完我的

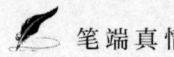

高质量作品后，他必定会绽放出欣慰而满意的笑容。此外，他会不厌其烦地向我传授许多为人之道和处世哲学，让我从一个青涩的青年逐渐蜕变为一个成熟的男子汉。到今天，我俩这段师生情已历经八年的考验。八年来，恩师见证了我文笔的不断进步。毫无疑问，他是我奋斗道路上的照明灯和方向盘，是我文学创作路上的启蒙导师，也是我的忘年之交。

我万分感谢广东省作家协会主席蒋述卓先生！蒋主席身为广东省的文坛领袖，日理万机，能在百忙之中抽空为我这样一位基层创作者题词鼓励，且所题内容处处流露出谦逊之意，这在众多名人题词中实属罕见。虽寥寥数字，但对我来说却是无价之宝！我真是三生有幸！在我心中，蒋主席这样平易近人的文学大师着实令我敬佩，让我感动！在他的勉励下，我追梦的脚步会更加坚实有力！

当然，在这漫漫征途上还有许许多多大力帮助和支持我的人，他们共同撑起我梦想的天空。在此，我要谢谢母亲杨宇，谢谢罗定市作家协会主席曾沛才先生，谢谢《泷江文艺》特约编辑陈培权先生，谢谢《云安文艺》副主编杨显志先生，谢谢中国星威龙狮总会创始人陈若星先生，谢谢邓永利先生，谢谢陈芝和先生，谢谢陈权中先生，谢谢罗定市作家协会、云浮市作家协会、广东省作家协会……本书从创作到出版，都得到了他们的鼎力支持和耐心指导。一言以概之，我对一切雪中送炭的热心人士和热诚相助的单位机构深表谢意！

在最后，我要鞭策一下那个多年来一次次在逆境中咬牙坚持、在艰难困苦下永不放弃、为文学梦奋战到底的自己！我想，路很远，坚持就是胜利！

陈瑞麟

2022 年 5 月 21 日